MW00901392

EL CASCANUECES

ERNEST THEODOR WILHELM (E.T.A.) HOFFMANN

LA NOCHEBUENA

El día 24 de diciembre los niños del consejero de Sanidad, Stahlbaum, no pudieron entrar en todo el día en el hall y mucho menos en el salón contiguo. Refugiados en una habitación interior estaban Federico y María; la noche se venía encima, y les fastidiaba mucho que -cosa corriente en días como aquél- no se ocuparan de ponerles luz. Federico descubrió, diciéndoselo muy callandito a su hermana menor -apenas tenía siete años-, que desde por la mañana muy temprano había sentido ruido de pasos y unos golpecitos en la habitación prohibida. Hacía poco también que se deslizó por el vestíbulo un hombrecillo con una gran caja debajo del brazo, que no era otro sino el padrino Drosselmeier. María palmoteo alegremente, exclamando:

-¿Qué nos habrá hecho el padrino Drosselmeier? El magistrado Drosselmeier no era precisamente un hombre guapo; bajito y delgado, tenía muchas arrugas en el rostro; en el lugar del ojo derecho llevaba un gran parche negro, y disfrutaba de una enorme calva, por lo cual llevaba una hermosa peluca, que era de cristal y una verdadera obra maestra. Era además el padrino más habilidoso; entendía mucho de relojes de casa de Stahlbaum se descomponía y no daba la hora ni marchaba, presentábase el padrino Drosselmeir, se quitaba la peluca y el gabán amarillo, anudábase un delantal azul y comenzaba a pinchar el reloj con instrumentos puntiagudos que a la pequeña María le solían producir dolor, pero que no se lo hacían al reloj, sino que le daban vida, y a poco comenzaba a marchar y a sonar, con gran alegría de todos. Siempre que iba llevaba cosas bonitas para los niños en el bolsillo: ya un hombrecito que movía los ojos y hacía reverencias muy cómicas, ya una cajita de la que salía un pajarito, ya otra cosa. Pero en Navidad siempre preparaba algo artístico, que le había costado mucho trabajo, por lo cual, en cuanto lo veían los niños, lo guardaban cuidadosamente los padres.

-¿Qué nos habrá hecho el padrino Drosselmeier? -repitió María.

Federico opinaba que no debía de ser otra cosa que una fortaleza, en la cual pudiesen marchar y maniobrar muchos soldados, y luego vendrían otros que querrían entrar en la fortaleza, y los de dentro los rechazarían con los cañones, armando mucho estrépito.

-No, no -interrumpía María a su hermano-: el padrino me ha hablado de un hermoso jardín con un lago en el que nadaban blancos cisnes con cintas doradas en el cuello, los cuales cantaban las más lindas canciones. Y luego venía una niñita, que se llegaba al estanque y llamaba la atención de los cisnes y les daba mazapán.

-Los cisnes no comen mazapán-replicó Federico, un poco grosero-, y tampoco puede el padrino hacer un jardín grande. La verdad es que tenemos muy pocos juguetes suyos; en seguida nos los quitan; por eso prefiero los que papá y mamá nos regalan, pues ésos nos los dejan para que hagamos con ellos lo que queramos.

Los niños comentaban lo que aquella vez podría ser el regalo. María pensaba que la señorita Trudi -su muñeca grande- estaba muy cambiada, porque, poco hábil, como siempre, se caía al suelo a cada paso, sacando de las caídas bastantes señales en la cara y siendo imposible que estuviera limpia. No servían de nada los regaños, por fuertes que fuesen. También se había reído mamá cuando vio que le gustaba tanto la sombrilla nueva de Margarita. Federico pretendía que su cuadra carecía de un alazán y sus tropas estaban escasas de caballería, y eso era perfectamente conocido de su padre. Los niños sabían de sobra que sus papás les habrían comprado toda clase de lindos regalos, que se ocupaban en colocar; también estaban seguros de que, junto a ellos, el Niño Jesús los miraría con ojos bondadosos, y que los regalos de Navidad esparcían un ambiente de bendición, como si los hubiese tocado la mano divina. A propósito recordaban los niños, que sólo hablaban de esperados regalos, que su hermana mayor, Elisa, les decía que era el Niño Jesús el que les enviaba, por mano de los padres, lo que más le pudiera agradar. El sabía mucho mejor que ellos lo que les proporcionaría placer, y los niños no debían desear nada, sino esperar tranquila y pacientemente lo que les dieran. La pequeña María quedóse muy pensativa; pero Federico decíase en voz baja:

-Me gustaría mucho un alazán y unos cuantos húsares.

Había oscurecido por completo. Federico y María, muy juntos, no se atrevían a hablar una palabra; parecíales que en derredor suyo revoloteaban unas alas muy suavemente y que a lo lejos se oía una música deliciosa. En la pared reflejóse una gran claridad, lo cual hizo suponer a los niños que Jesús ya se había presentado a otros niños felices. En el mismo momento sonó un tañido argentino: "Tilín, tilín." Las puertas abriéronse de par en par, y del salón grande salió tal claridad que los chiquillos exclamaron a gritos "¡Ah!... ¡Ah!..." y permanecieron como extasiados, sin moverse. El padre y la madre aparecieron en la puerta; tomaron a los niños de la mano y les dijeron:

-Venid, venid, queridos, y veréis lo que el Niño Dios os ha regalado.

LOS REGALOS

A ti me dirijo, amable lector y oyente, Federico..., Teodoro..., Ernesto, o como te llames, rogándote que te representes el último árbol de Navidad, adornado de lindos regalos; de ese modo podrás darte exacta cuenta de cómo estaban los niños quietos, mudos de entusiasmo, con los ojos muy abiertos; y sólo después de transcurrido un buen rato la pequeña María articuló, dando un suspiro: -¡Qué bonito!... ¡Qué bonito!

Y Federico intentó dar algún salto, que le resultó demasiado a lo vivo. Para conseguir aquel momento los niños habían tenido que ser juiciosos y buenos durante todo el año, pues en ninguna ocasión les regalaban cosas tan lindas como en ésta. El gran árbol, que estaba en el centro de la habitación, tenía muchas manzanas, doradas y plateadas, y figuraban capullos y flores, almendras garrapiñadas y bombones envueltos en papeles de colores, y toda clase de golosinas, que colgaban de las ramas. Lo más hermoso del árbol admirable era que en la espesura de sus hojas oscuras ardía una infinidad de lucecitas, que brillaban como estrellas; y mirando hacia él, los niños suponían que los invitaba a tomar sus flores y sus frutos. Junto al árbol, todo brillaba y resplandecía, siendo imposible de explicar las muchas cosas lindas que se veían. María descubrió una hermosa muñeca, toda clase de utensillos monísimos y, lo que más bonito le pareció, un vestidito de seda adornado con cintas de colores, que estaba colgado de manera que se le veía de todas partes, haciéndole repetir:

-¡Qué vestido tan bonito!... ¡Qué precioso!... Y de seguro que me permitirán que me lo ponga. Entretanto, Federico ya había dado dos o tres veces la vuelta alrededor de la mesa para probar el nuevo alazán que encontrara en ella. Al apearse nuevamente, pretendía

que era un animal salvaje, pero que no le importaba y que en él haría la guerra con los escuadrones de húsares, que aparecían muy nuevecitos, con sus trajes dorados y amarillos, sus armas plateadas y montados en sus blancos caballos, que hubiérase podido creer eran asimismo de plata pura.

Los niños, algo más tranquilos, dedicáronse a mirar los libros de estampas que, abiertos, exponían ante su vista una colección de dibujos de flores, de figuras humanas y de animales, tan bien hechos que parecía iban a hablar; con ellos pensaban seguir entretenidos, cuando volvió a sonar la campanilla. Aún quedaba por ver el regalo del padrino Drosselmeier, y apresuradamente dirigiéronse los chiquillos a una mesa que estaba junto a la pared. En seguida desapareció el gran paraguas bajo el cual se ocultaba hacía tanto tiempo, y ante la curiosidad de los niños apareció una maravilla. En una pradera, adornada con lindas flores, alzábase un castillo, con ventanas espejeantes y torres doradas. Oyóse una música de campanas, y las puertas y las ventanas se abrieron, dejando ver una multitud de damas y caballeros; chiquitos pero bien proporcionados, con sombreros de plumas y trajes de cola, que se paseaban por los salones. En el central, que parecía estar ardiendo-tal era la iluminación de las lucecillas de las arañas doradas-, bailaban unos cuantos niños, con camisitas cortas y enagüitas, siguiendo :os acordes de la música de las campanas. Un caballero, envuelto en una capa esmeralda, asomábase de vez en cuando a una ventana, miraba hacia fuera y volvía a desaparecer, en tanto que el mismo padrino Drosselmeier, aunque de tamaño como el dedo pulgar de papá, estaba a la puerta del castillo y penetraba en él. Federico, con lo brazos apoyados en la mesa, contempló largo rato el castillo y las figuritas, que bailaban y se movían de un lado para otro; luego dijo:

-Padrino Drosselmeier, déjame entrar en el castillo. El magistrado le convenció que aquello no podía ser. Tenía razón y parecía mentira que a Federico se le ocurriera la tontería de querer entrar en un castillo, que, contando con las torres y todo, no era tan alto como él. En seguida se convenció. Después de un rato, como las damas y los caballeros seguían paseando siempre de la misma manera, los niños bailando de igual modo, el hombrecillo de la capa esmeralda asomándose a la misma ventana a mirar y el padrino Drosselmeier entrando por aquella puerta, Federico, impaciente, dijo:

-Padrino, sal por la otra puerta que está más arriba.

-No puede ser, querido Federico -respondió el padrino.

-Entonces -repuso Federico-que el hombrecillo verde se pasee con el otro.

-Tampoco puede ser -respondió de nuevo el magistrado.

-Pues que bajen los niños; quiero verlos más de cerca -exclamó Federico.

-Vaya, tampoco puede ser -dijo el magistrado, un poco molesto-; el mecanismo tiene que quedarse conforme está.

-¿Lo mismo?... -preguntó Federico en tono de aburrimiento-. ¿Sin poder hacer otra cosa? Mira, padrino, si tus almibarados personajes del castillo no pueden hacer más que la misma cosa siempre no sirven para mucho y no vale la pena de asombrarse. No; prefiero mis húsares, que maniobran hacia adelante y hacia atrás, a medida de mi deseo, y no están encerrados.

Y saltó en dirección de la otra mesa, haciendo que sus escuadrones trotasen y diesen la vuelta y cargaran y dispararan a su gusto. También María se deslizó en silencio fuera de allí, pues, lo mismo que a su hermano, le cansaba el ir y venir sin interrupción de las muñequitas

del castillo; pero como era más prudente que Federico, no lo dejó ver tan a claras. El magistrado Drosselmeier, un poco amostazado, dijo a los padres:

-Estas obras artísticas no son para niños ignorantes; voy a volver a guardar mi castillo.

La madre pidióle que le enseñara la parte interna del mecanismo que hacía moverse de un modo tan perfecto a todas aquellas muñequitas. El padrino lo desarmó todo y lo volvió a armar. Con aquel trabajo recobró su buen humor, y regaló a los niños unos cuantos hombres y mujeres pardos, con los rostros, los brazos y las piernas dorados. Eran de Thom y tenían el olor agradable y dulce de alajú, de lo cual Federico y María se alegraron mucho. Luisa, la hermana mayor, se había puesto, por mandato de la madre, el traje nuevo que le regalaran, y María, cuando se tuvo que poner el suyo también, quiso contemplarlo un rato más, cosa que se le permitió de buen grado.

EL PROTEGIDO

María quedóse parada delante de la mesa de los regalos, en el preciso momento en que ya se iba a retirar, por haber descubierto una cosa que hasta entonces no viera. A través de la multitud de húsares de Federico, que formaban en parada junto al árbol, veíase un hombrecillo, que modestamente se escondía como si esperase a que llegara el turno. Mucho habría que decir de su tamaño, pues, según se le veía, el cuerpo, largo y fuerte, estaba en abierta desproporción con las piernas, delgadas, y la cabeza resultaba asimismo demasiado grande. Su manera de vestir era la de un hombre de posición y gusto. Llevaba una chaquetilla de húsar de color violeta vivo con muchos cordones y botones, pantalones del mismo estilo y unas botas de montar preciosas, de lo más lindo que se puede ver en los pies de un estudiante, y mucho más en los de un oficial. Ajustaban tan bien a las piernecillas como si estuvieran pintadas. Resultaba sumamente cómico que con aquel traje tan marcial llevase una capa escasa, mal cortada, que parecía de madera, y una montera de gnomo; al verlo pensó María que también el padrino Drosselmeier usaba un traje de mañana muy malo y nunca gorra incapaz y, sin embargo, era un padrino encantador. También se le ocurrió a María que el padrino tenía una expresión tan amable como el hombrecillo, aunque no era tan guapo. Mientras María contemplaba al hombrecillo, que desde el primer momento le había sido simpático; fue descubriendo los rasgos de bondad que aparecían en su rostro. Sus ojos verde claro, grandes y un poco parados, expresaban agrado y bondad. Le iba muy bien la barba corrida, de algodón, que hacía resaltar la sonrisa amable de su boca.

-Papá -exclamó María al fin-, ¿a quién pertenece ese hombrecillo que está colgado del árbol?

-Ese, hija mía-respondió el padre-ha de trabajar para todos partiendo nueces, y, por tanto, pertenece a Luisa lo mismo que a Federico y a ti.

El padre lo cogió y, levantándole la capa, abrió una gran boca, mostrando dos hileras de dientes blancos y afilados, María le metió en ella una nuez, y... ¡crac!..., el hombre mordió y las cáscaras cayeron, dejando entre las manos de María la nuez limpia. Entonces supieron todos que el hombrecillo pertenecía a la clase de los partidores y que ejercía la profesión de sus antepasados. María palmoteó alegremente, y su padre le dijo:

-Puesto que el amigo Cascanueces te gusta tanto, puedes cuidarle, sin perjuicio, como ya te he dicho, de que Luisa y Federico lo utilicen con el mismo derecho que tú.

María lo tomó en brazos, le hizo partir nueces; pero buscaba las más pequeñas para que el hombrecillo no tuviese que abrir demasiado la boca, que no le convenía nada. Luisa lo utilizó también, y el amigo partidor partió una porción de nueces para todos, riéndose siempre con su sonrisa bondadosa. Federico, que ya estaba cansado de tanta maniobra y ejercicio y oyó el chasquido de las nueces, llegóse junto a sus hermanas y se rió mucho del grotesco hombrecillo, que pasaba de mano en mano sin cesar de abrir y cerrar la boca con su ¡crac!, ¡crac! Federico escogía siempre las mayores y más duras, y una vez que le metió en la boca una enorme, ¡crac!, ¡crac!..., tres dientes se le cayeron al pobre partidor, quedándole la mandíbula inferior suelta y temblona.

-¡Pobrecito Cascanueces! -exclamó María a gritos, quitándoselo a Federico de las manos.

-Es un estúpido y un tonto -dijo Federico-; quiere ser partidor y no tiene las herramientas necesarias ni sabe su oficio. Dámelo, María; tiene que partir nueces hasta que yo quiera, aunque se quede sin todos los dientes y hasta sin la mandíbula superior, para que no sea holgazán.

-No, no-contestó María llorando-; no te daré mi querido Cascanueces, mírale cómo me mira dolorido y me enseña su boca herida. Eres un cruel, que siempre estás dando latigazos a tus caballos y te gusta matar a los soldados.

-Así tiene que ser; tú no entiendes de eso -repuso Federico-, y el Cascanueces es tan tuyo como mío; conque dámelo.

María comenzó a llorar a lágrima viva y envolvió cuidadosamente al enfermo Cascanueces en su pañuelo. Los padres acudieron al alboroto con el padrino Drosselmeier, que desde luego se puso de parte de Federico. Pero el padre dijo:

-He puesto a Cascanueces bajo el cuidado de María, y como al parecer lo necesita ahora, le concedo pleno

derecho sobre él, sin que nadie tenga que decir una palabra. Además, me choca mucho en Federico que pretenda que un individuo inutilizado en el servicio continúe en la línea activa. Como buen militar, debe saber que los heridos no forman nunca.

Federico, avergonzado, desapareció, sin ocuparse más de las nueces ni del partidor, y se fue al otro extremo de la mesa, donde sus húsares, luego de haber recorrido los puestos avanzados, se retiraron al cuartel. María recogió los dientes perdidos de Cascanueces, le puso alrededor de la barbilla una cinta blanca que había quitado de un vestido suyo y luego envolvió con más cuidado aún en su pañuelo al pobre mozo, que estaba muy pálido y asustado. Así lo sostuvo en sus brazos, meciéndolo como a un niño, mientras miraba las estampas de uno de los nuevos libros que les regalaran. Se enfadó mucho, cosa poco frecuente en ella, cuando el padrino Drosselmeier, riéndose, le preguntó cómo podía ser tan cariñosa con un individuo tan feo. El parecido son su padrino, que le saltara a la vista desde el principio, se le hizo más patente aún, y dijo muy seria:

-Quien sabe, querido padrino, si tú también te vistieses como el muñequito y te pusieses sus botas brillantes si estarías tan bonito como él.

María no supo por qué sus padres se echaron a reír con tanta gana y por qué al magistrado se le pusieron tan rojas las narices y no se rió ya tanto como antes. Seguramente habría una razón para ello.

PRODIGIOS

En el gabinete del consejero de Sanidad, conforme se entra a mano izquierda, en el lienzo de pared más grande, hállase un armario de cristales alto, en el que los niños colocan las cosas bonitas que les regalan todos los años. Era muy pequeña Luisa cuando su padre lo mandó hacer a un carpintero famoso, el cual le puso unos cristales tan claros y, sobre todo, supo arreglarlo tan bien, que lo que se guarda en él resulta más limpio y bonito que cuando se tiene en la mano. En la tabla más alta, a la que no alcanzaban María ni Federico, gurdábanse las obras de arte del padrino Drosselmeier; en la inmediata, los libros de estampa; las dos inferiores reservábanse para que Federico y María las llenasen a su gusto, y siempre ocurría que la más baja se ocupaba con la casa de las muñecas de María y la otra superior servía para cuartel de las tropas de Federico.

En la misma forma quedaron el día a que nos referimos, pues mientras Federico acondicionaba arriba a sus húsares, María colocaba en la habitación, lindamente amueblada, y junto a la señorita Trudi, a la elegante muñeca nueva, convidándose con ellas a tomar una golosina. 1 le dicho que el cuarto estaba lindamente amueblado y creo que tengo razón, y no sé si tú, atenta lectora María, al igual que la pequeña Stahbaum -me figuro que estás enterada de que se llamaba María-, tendrás, como ésta, un lindo sofá de flores, varias preciosas sillitas, una monísima mesa de té y, lo más bonito de todo, una camita reluciente, en la que descansaban las muñecas más lindas. Todo esto estaba en el rincón del armario, cuyas paredes aparecían tapizadas con estampas, y puedes figurarte que en el tal cuarto la muñeca nueva, que, como María supo aquella misma noche, se llamaba señorita Clarita, había de encontrarse muy a gusto.

Era ya muy tarde, casi media noche; el padrino Drosselmeier habíase marchado hacía rato, y los niños no se decidían aún a separarse del armario de cristales, a pesar de que la madre les había dicho repetidas veces que era hora de irse a la cama.

-Es cierto -exclamó al fin Federico-; los pobres infelices -se refería a sus húsares- necesitan Cambien descansar, y mientras yo esté aquí estoy seguro de que no se atreven a dar ni una cabezada.

Y al decir esto se retiró. María, en cambio, rogó:

-Mamaíta, déjame un ratito más, sólo un ratito. Aún tengo mucho que arreglar; en cuanto lo haga, te prometo que me voy a la cama.

María era una niña muy juiciosa, y la madre podía dejarla sin cuidado alguno con los juguetes. Con objeto de que María, embebida con la muñeca nueva y los demás juguetes, no se olvidase de las luces que ardían junto al armario, la madre las apagó todas, dejando solamente encendida la lámpara colgada que había en el centro de la habitación, la cual difundía luz tamizada.

-Acuéstate en seguida, querida María; si no, mañana no podrás levantarte a tiempo -dijo la madre, desapareciendo para irse al dormitorio.

En cuanto María se quedó sola, dirigióse decididamente a hacer lo que tenía en el pensamiento y que, sin saber por qué, había ocultado a su madre. Todo el tiempo llevaba en brazos al pobre Cascanueces herido, envuelto en su pañuelo. En este momento dejólo con cuidado sobre la mesa; le quitó el pañuelo y miró las heridas. Cascanueces estaba muy pálido, pero seguía sonriendo amablemente, lo cual conmovió a María.

-Cascanueces mío -exclamó muy bajito-, no te disgustes por lo que mi hermano Federico te ha hecho; no ha creído que te haría tanto daño, pero es que se ha hecho un poco cruel con tanto jugar a los soldados; por lo demás, es buen chico, te lo aseguro. Yo te cuidaré lo mejor que pueda hasta que estés completamente bien y contento; te pondré en su sitio tus dientecitos; los hombros te los arreglará el padrino Drosselmeier, que entiende de esas cosas.

No pudo continuar María, pues en cuanto nombró al padrino Drosselmeier, Cascanueces hizo una mueca de disgusto y de sus ojos salieron chispas como pinchos

ardiendo. En el momento en que María se sentía asustada, ya tenía el buen Cascanueces su rostro sonriente, que la miraba, y se dio cuenta de que el cambio que sufriera debíase sin duda a la luz de la difusa lámpara.

-¡Qué tonta soy asustándome así y creyendo que un muñeco de madera puede hacerme gestos! Cascanueces me gusta mucho, por lo mismo que es tan cómico, y a un tiempo tan agradable, y por eso he de cuidarlo como se merece.

María tomó en sus brazos a Cascanueces, acercóse al armario de cristales, agachóse delante de él y dijo a la muñeca nueva:

-Te ruego encarecidamente, señorita Clarita, que dejes la cama al pobre Cascanueces herido y te arregles como puedas en el sofá. Pienso que tú estás buena y sana -pues si no no tendrías esas mejillas tan redondas y tan coloradas- y que pocas muñecas, por muy bonitas que sean, tendrán un sofá tan blando.

La señorita Clara, muy compuesta con su traje de Navidad, quedóse un poco contrariada y no dijo esta boca es mía.

-Esto lo hago por cumplir -dijo María.

Y sacó la cama, colocó en ella con cuidado a Cascanueces, le lió un par de cintas más de otro vestido suyo para los hombros y lo tapó hasta las narices.

No quiero que se quede cerca de la desconsiderada Clarita -dijo para sí.

Y sacó la cama con su paciente, poniéndola en la tabla superior, cerca del lindo pueblecito donde estaban acantonados los húsares de Federico. Cerró el armario y dirigió sus pasos hacia su cuarto, cuando..., escuchad bien, niños, comenzó a oír un ligero murmullo, muy ligero, y un ruido detrás de la estufa, de las sillas, del armario. El reloj de pared andaba cada vez con más ruido, pero no daba la hora. María lo miró, y vio que el búho que estaba encima había dejado caer la alas, cubriendo con ellas todo el reloj, y tenía la cabeza de gato, con su pico ganchudo, echada hacia delante. Y, cada vez más fuerte, decía: "¡Tac, tac, tac!; todo debe sonar con poco ruido...; el rey de los ratones tiene un oído muy sutil...; tac, tac, tac!, cantadle la vieja cancioncita...; suena, suena, campanita, suena doce veces."

María, toda asustada quiso echar a correr, cuando vio al padrino Drosselmeier, que estaba sentado encima del reloj en lugar del gran búho, con su gabán amarillo extendido sobre el reloj como si fueran dos alas; y haciendo un esfuerzo sobre sí misma, dijo:

-Padrino Drosselmeier, padrino Drosselmeier, ¿qué haces allí arriba? ¡Bájate y no me asustes!

Entonces oyóse pitar y chillar locamente por todas partes, y un correr de piececillos pequeños detrás de las paredes, y miles de lucecitas cuyo resplandor asomaba por todas las rendijas. Pero no, no eran luces: eran ojitos brillantes; y María advirtió que de todos los rincones asomaban ratoncillos, que trataban de abrirse camino hacia afuera. A poco comenzó a oírse por la habitación un trotecillo, y aparecieron multitud de ratones, que fueron a colocarse en formación, como Federico solía colocar a sus soldados cuando los sacaba para alguna batalla.

María avanzó muy resuelta, y como quiera que no tenía el horror de otros niños a los ratones, trató de vencer el miedo; pero empezó a oírse tal estrépito de silbidos y gritos que sintió por la espalda un frío de muerte. ¡Y lo que vio, Dios mío!

Estoy seguro, querido lector, de que tú, lo mismo que el general Federico Stahlbaum, tienes el corazón en su sitio; pero si hubieras visto lo que vio María, de fijo que habrías echado a correr, y mucho me equivoco si no te metes en la cama y te tapas hasta los orejas. La pobre María no pudo hacerlo porque... escucha, lector...: bajo sus pies mismos salieron, como empujados por una fuerza subterránea, la arena y la cal y los ladrillos hechos pedazos, y siete cabezas de ratón, con sus coronitas, surgieron del suelo chillando y silbando. A poco apareció el cuerpo a que pertenecían las siete coronadas cabecitas, y el ratón grande con siete diademas gritó con gran entusiasmo, vitoreando tres veces al ejército, que se puso en movimiento y se dirigió al armario, sin ocuparse de María, que estaba pegada a la puerta de cristales de él.

El miedo hacíale latir el corazón a María de modo que creyó iba a salírsele del pecho y morirse de repente, y ahora le parecía que en sus venas se paralizaba la sangre. Medio sin sentido retrocedió, y oyó un chasquido...: ¡prr..., prr...!: la puerta de cristales en que apoyaba el hombro cayó al suelo rota en mil pedazos. En el mismo instante sintió un gran dolor en el brazo izquierdo, pero se le quitó un gran peso de encima al advertir que ya no oía los gritos y los silbidos; toda había quedado en

15

silencio, y aunque no se atrevía a mirar, parecíale que los ratones, asustados con el ruido de los cristales rotos, habíanse metido en sus agujeros.

¿Qué sucedió después? Detrás de María, en el armario, empezó a sentirse ruido, y unas vocecillas finas empezaron a decir: "¡Arriba..., arriba!...; vamos a la batalla... esta noche precisamente...; ¡arriba..., arriba..., alas ramas!" Y escuchó un acorde armonioso de campanas.

-¡Ah! -pensó María-. Es mi juego de campanas. Entonces vio que dentro del armario había gran revuelo y mucha luz y un ir y venir apresurado. Varias muñecas corrían de un lado para otro, levantando los brazos en alto.

De pronto, Cascanueces se incorporó, echó abajo las mantas y, saltando de la cama, púsose de pie en el suelo.

-¡Crac..., crac..., crac!...; estúpidos ratones..., cuánta tontería; ¡crac, crac!...; partida de ratones..., ¡crac..., crac!..., todo tontería

Y diciendo estas palabras y blandiendo una espadita, dio un salto en el aire, y añadió:

-Vasallos y amigos míos, ¿queréis ayudarme en la dura lucha?

En seguida respondieron tres Escaramuzas y un Pantalón, cuatro Deshollinadores, dos Citaristas y un Tambor:

-Sí, señor, nos unimos a vos con fidelidad; con vos iremos a la muerte, a la victoria, a la lucha.

Y se lanzaron hacia el entusiasmado Cascanueces, que se atrevió a intentar el salto peligroso desde la tabla de arriba al suelo. Los otros se echaron abajo con facilidad, pues no sólo llevaban trajes de paño y seda, sino que, como estaban rellenos de algodón y de paja, cayeron como sacos de lana. Pero el pobre Cascanueces se hubiera roto los brazos y las piernas -porque desde donde él estaba al suelo había más de dos pies y su cuerpo era frágil, como hecho de madera de tilo- si en el momento en que saltó, la señorita Clarita no se hubiera levantado rápidamente del sofá para recibir en sus brazos al héroe con la espada desnuda.

-¡Ah buena Clarita! -susurró María-. ¡Cómo me he equivocado en mi juicio respecto de ti! Seguramente que dejaste tu cama al pobre Cascanueces con mucho gusto.

La señorita Clara decía, mientras estrechaba contra su pecho al joven héroe:

-¿Queréis, señor, herido y enfermo como estáis, exponeros a los peligros de una lucha? Mirad cómo vuestros fieles vasallos se preparan y, seguros de la victoria, se reúnen alegres. Escaramuza, Pantalón, Deshollinador, Citarista y Tambor ya están abajo, y las figuras del escudo que está en esta tabla ya se están moviendo. Quedaos, señor, a descansar en mis brazos, o si queréis, desde mi sombrero de plumas podéis contemplar la marcha de la batalla.

Así habló Clarita; pero Cascanueces mostróse muy molesto y pataleó de tal modo que Clara no tuvo más remedio que dejarlo en el suelo. En el mismo momento, con una rodilla en tierra, dijo muy respetuoso:

-¡Oh, señora! Siempre recordaré en la pelea vuestro favor y vuestra gracia.

Clarita se inclinó tanto que lo pudo coger por los brazos, y lo levantó en alto; desatóse el cinturón, adornado de lentejuelas, y quiso ponérselo al hombrecillo, el cual, echándose atrás dos pasos, con la mano sobre el pecho, dijo muy digno:

-Señora, no os molestéis en demostrarme de ese modo vuestro favor, pues...

Interrumpióse, suspiró profundamente, desatóse rápido la cintita con que María le vendara los hombros, apretóla contra los labios, se la colgó a modo de banderola y lanzóse, blandiendo la pequeña espada desnuda, ágil y ligero como un pajarillo, por encima de las molduras del armario al suelo.

Habréis advertido, querido lectores, que Cascanueces apreciaba todo el amor y la bondad que María le demostrara, y a causa de él no había aceptado la cinta de Clarita, aunque era muy vistosa y elegante, prefiriendo llevar como divisa la cintita de María.

¿Qué ocurrió después? En cuanto Cascanueces estuvo en el suelo volvió a comenzar el ruido de silbidos y gritos agudos. Debajo de la mesa agrupábase el ejército innumerable de ratones, y de entre ellos sobresalía el asqueroso de siete cabezas. ¿Qué iba a ocurrir?

LA BATALLA

-¡Toca generala, vasallo Tambor! -exclamó Cascanueces en alta voz.

E inmediatamente comenzó Tambor a redoblar de una manera artística, haciendo que retemblasen los cristales del armario.

Entonces oyéronse crujidos y chasquidos, y María vio que la tapa de la caja en que Federico tenía acuarteladas sus tropas saltaba de repente, y todos los soldados se echaban a la tabla inferior, donde formaron un brillante cuerpo de ejército.

Cascanueces iba d e un lado para otro, animando a las tropas con sus palabras.

-No se mueve ni un perro de Trompeta -exclamó de pronto irritado.

Y volviéndose hacia Pantalón, que algo pálido balanceaba su larga barbilla, dijo:

-General, conozco su valor y su pericia; ahora necesitamos un golpe de vista rápido y aprovechar el momento oportuno; le confío el mando de la caballería y la artillería reunidas; usted no necesita caballo, pues tiene las piernas largas y puede fácilmente galopar con ellas. Obre según su criterio.

En el mismo instante, Pantalón metióse los secos dedos en la boca y sopló con tanta fuerza que sonó como si tocasen cien trompetas. En el armario sintióse relinchar y cocear, a los coraceros y los dragones de Federico, y en particular los flamantes húsares, pusiéronse en movimiento, y a poco estuvieron en el suelo.

Regimiento tras regimiento desfilaron con bandera desplegada y música ante Cascanueces y se colocaron en fila, atravesados en el suelo del cuarto. Delante de ellos aparecieron los cañones de Federico, rodeados de sus artilleros, y pronto se oyó el ¡bum..., bum!, y María pudo ver cómo las grageas llovían sobre los compactos grupos de ratones, que, cubiertos de blanca pólvora, sentíanse verdaderamente avergonzados. Una batería, sobre todo, que estaba atrincherada bajo el taburete de mamá, les causó grave daño tirando sin cesar granos de pimienta sobre los ratones, haciéndoles bastantes bajas.

Los ratones, sin embargo, acercáronse más y más, y llegaron a rodear a algunos cañones; pero siguió el ¡brr..., brr..., y María quedó ciega de polvo y de humo y apenas pudo darse cuenta de lo que sucedía. Lo cierto era que cada ejército peleaba con el mayor denuedo y que durante mucho tiempo la victoria estuvo indecisa. Los ratones desplegaban masas cada vez más numerosas, y sus pildoritas plateadas, disparadas con maestría, llegaban hasta dentro del armario. Desesperadas, corrían Clarita y Trudi de un lado para otro, retorciéndose las manitas.

-¿Tendré que morir en plena juventud, yo, la más linda de las muñecas? -decía Clarita.

-¿Me he conservado tan bien para sucumbir entre cuatro paredes? -exclamaba Trudi.

Y cayeron una en brazos de la otra, llorando con tales lamentos que a pesar del ruido se las oía perfectamente. Note puedes hacer una idea del espectáculo, querido lector. Sólo se escuchaba ¡b..., brr!...; ¡pii..., pii!...; bum..., burrum!..., y gritos y chillidos de los ratones y de su rey; y luego la voz potente de Cascanueces, que daba órdenes al frente de los batallones que tomaban parte en la pelea. Pantalón ejecutó algunos ataques prodigiosos de caballería, cubriéndose de gloria; pero los húsares de Federico fueron alcanzados por algunas balas malolientes de los ratones, que les causaron manchas en sus flamantes chaquetillas rojas, por cuya razón no estaban dispuestos a seguir adelante. Pantalón los hizo maniobrar hacia la izquierda, y, en el entusiasmo del mando, siguió la misma táctica con los coraceros y los dragones; así, que todos dieron media vuelta y se dirigieron hacia casa. Entonces quedó la batería apostada debajo del taburete, y a poco apareció un gran grupo de feos ratones, que la rodeó de tal modo que el taburete, con los cañones y los artilleros, cayeron en su poder. Cascanueces, muy contrariado, dio la orden al ala derecha de que hiciese un movimiento de retroceso.

Tú sabes, querido lector entendido en cuestiones guerreras, que tal movimiento equivale a una huída, y, por tanto, te das cuenta exacta del descalabro del ejército del protegido de María, del pobre Cascanueces. Aparta la vista de esta desgracia y dirígela al ala izquierda, donde todo está en su lugar y hay mucho que esperar del general y de sus tropas. En lo más encarnizado de la lucha salieron de debajo de la cómoda, con mucho sigilo, grandes masas de caballería ratonil, y con gritos estridentes y denodado esfuerzo lanzáronse contra el ala izquierda del ejército de Cascanueces, encontrando una resistencia que no esperaban. Despacio, como lo permitían las dificultades del terreno, pues habían de pasar las molduras del armario, fue conducido el cuerpo de ejército por dos emperadores chinos y formó el cuadro.

Estas tropas valerosas y pintorescas, pues en ellas figuraban jardineros, tiroleses, peluqueros, arlequines, cupidos, leones, tigres, macacos y monos, lucharon con espíritu, valor y resistencia. Con espartana valentía alejó este batallón elegido la victoria del enemigo, cuando un jinete temerario, penetrando con audacia en las filas, cortó la cabeza de uno de los emperadores chinos, y éste, al caer, arrastró consigo a dos tiroleses y un macaco. Abrióse entonces una brecha, por la que penetró el enemigo y destrozó a todo el batallón. Poca ventaja, sin embargo, sacó aquel de esta hazaña. En el momento en que uno de los jinetes del ejército ratonil, ansioso de sangre, atravesaba a un valiente contrario, recibió un golpe en el cuello con un cartel escrito que le produjo la muerte. ¿Sirvió de algo al ejército de Cascanueces, que retrocedió una vez y tuvo que seguir retrocediendo, perdiendo gente, hasta que se quedó sólo el jefe con unos cuantos delante del armario?

-¡Adelante las reservas! Pantalón..., Escaramuza..., Tambor..., ¿dónde estáis?

Así clamaba Cascanueces, que esperaba refuerzos para que le sacaran delante del armario.

Presentáronse unos cuantos hombres y mujeres de Thorn, con rostros dorados y sombreros y yelmos; pero pelearon con tanta impericia que no lograron hacer caer a ningún enemigo, y no tardaron mucho en arrancar la capucha de la cabeza al mismo general Cascanueces. Los cazadores enemigos les mordieron las piernas, haciéndolos caer y arrastrar consigo a algunos de los compañeros de armas de Cascanueces.

Encontróse éste rodeado de enemigo, en el mayor apuro. Quiso saltar por encima de las molduras del armario, pero las piernas suyas resultaban demasiado cortas. Clarita y Trudi estaban desmayadas y no podían prestarle ayuda. Húsares, dragones, saltaban alegremente a su lado. Entonces, desesperado, gritó:

-¡Un caballo..., un caballo...; un reino por un caballo!

En aquel momento, dos tiradores enemigos lo cogieron por la capa y en triunfo; chillando por siete gargantas, apareció el rey de los ratones. María no se pudo contener:

-¡Pobre Cascanueces! -exclamó sollozando.

Sin saber a punto fijo lo que hacía, cogió su zapato izquierdo y lo tiró con fuerza al grupo compacto de ratones, en cuyo centro se hallaba su rey. De pronto desapareció todo, y María sintió un dolor más agudo aún

que el de antes en el brazo izquierdo y cayó al suelo sin sentido.

LA **ENFERMEDAD**

Cuando María despertó de su profundo sueño encontróse en su camita y con el sol que entraba alegremente en el cuarto por la ventana cubierta de hielo. Junto a ella estaba sentado un señor desconocido, que luego vio era el cirujano Wendelstern, el cual, en voz baja, decía:

-Ya despierta.

Acercóse entonces la madre y la miró con ojos asustados.

-Querida mamíta -murmuró la pequeña María-.¿Se han marchado ya todos los asquerosos ratones y está salvado el bueno de Cascanueces?

-No digas tonterías, querida niña -respondió la madre-. ¿Qué tienen que ver los ratones con el Cascanueces? Tú, por ser mala, nos has dado un susto de primera. Eso es lo que ocurre cuando los niños son voluntariosos y no obedecen a sus padres. Te quedaste anoche jugando con las muñecas hasta tarde. Tendrías sueño, y quizá algún ratón, aunque no los suele haber en casa, te asustó, y te diste contra uno de los cristales del armario, rompiéndolo y cortándote en el brazo de tal manera que el doctor Wendelstern, que te acaba de sacar los cristalitos de la herida, creía que si te hubieras cortado una vena te quedarías con el brazo sin movimiento o que podías haberte desangrado. A Dios gracias, yo me desperté a media noche y te eché de menos, y me levanté, dirigiéndome al gabinete. Allí te encontré, junto al armario, desmayada y sangrando. Por poco si no me desmayo yo también del susto. A tu alrededor vi una porción de los soldados de tu hermano y otros muñecos

rotos, hombrecillos de pasta, banderas hechas pedazos y al Cascanueces, que yacía sobre tu brazo herido, y, no lejos de ti, tu zapato izquierdo.

-¡Ay, mamaíta, mamaíta! -exclamó María-. ¿No ven ustedes que esas son las señales de la gran batalla habido entre los muñecos y los ratones? Y lo que me asustó más fue que los últimos querían llevarse prisionero a Cascanueces, que mandaba el ejército de los muñecos. Entonces fue cuando yo tiré mi zapato en medio del grupo de ratones, y no sé lo que ocurrió después.

El doctor Wendelstern guiño un ojo a la madre, y ésta dijo con mucha suavidad:

-Bueno, déjalo estar, querida María. Tranquilízate: los ratones han desaparecido y Cascanueces está sano y salvo en el armario.

En el cuarto entró el consejero de Sanidad y habló largo rato con el doctor Wendelstern; luego tomó el pulso a María, la cual oyó perfectamente que decía algo de fiebre traumática. Tuvo que permanecer en la cama y tomar medicinas durante varios días, a pesar de que, aparte algunos dolores en el brazo, se encontraba bastante bien. Supo que Cascanueces salió salvo de la batalla, y le pareció que en sueños se presentaba delante de ella y con voz clara, aunque melancólica, le decía: "María, querida señora, mucho le debo, pero aún puede usted hacer más por mí." María daba vueltas en su cabeza qué podía ser ello, sin lograr dar solución al enigma.

María no podía jugar a causa del brazo herido, y, por tanto, se entretenía en hojear libros de estampas; pero veía una porción de chispitas raras y no aguantaba mucho tiempo aquella ocupación. Hacíansele larguísimas las horas y esperaba impaciente que anocheciese, porque entonces su madre se sentaba a su cabecera y le leía o le contaba cosas bonitas. Acababa su madre de contarle la historia del príncipe Facardín cuando abrió la puerta y apareció el padrino Drosselmeier diciendo:

-Quiero ver cómo sigue la herida y enferma María. En cuanto ésta vio al padrino con su gabán amarillo, recordó la imagen de aquella noche en que Cascanueces perdió la batalla contra los ratones y, sin poder contenerse, dijo, dirigiéndose al magistrado:

-Padrino Drosselmeier, ¡qué feo estabas! Te vi perfectamente cuando te sentaste encima del reloj y lo cubriste con tus alas de modo que no podía dar la hora, porque entonces los ratones se habrían asustado, y oí cómo llamabas al rey. ¿Por qué no acudiste en mi ayuda y en la de Cascanueces, padrino malo y feo? Tú eres el culpable de que yo me hiriera y de que tenga que estar en la cama.

La madre preguntó muy asustada:

-¿Qué es eso, María?

Pero el padrino Drosselmeier puso un gesto extraño y, con voz estridente y monótona, comenzó a decir incoherencias que semejaban una canción en la que intervenían los relojes y los muñecos y los ratones.

María miraba al padrino con los ojos muy abiertos, encontrándolo aún más feo que nunca, balanceando el brazo derecho como una marioneta. Seguramente habríase asustado ante el padrino si no está presente la madre y si Federico, que entró en silencio, no lanza una sonora carcajada y dice:

-Padrino Drosselmeier, hoy estás muy gracioso; te pareces al muñeco que tiré hace tiempo detrás de la chimenea.

La madre muy seria, dijo a su vez:

-Querido magistrado, es una broma pesada. ¿Qué quiere usted decir con todo eso?

-¡Dios mío! -respondió riendo el padrino-. ¿No conoce usted mi canción del reloj? Siempre se la canto a los enfermos como María.

Y, sentándose a la cabecera de la cama, dijo:

-No te enfades conmigo porque no sacara al rey de los ratones los catorce ojos; no podía ser. En cambio, voy a darte una gran alegría.

El magistrado metióse la mano en el bolsillo y sacó... al Cascanueces al cual había colocado los dientecillos perdidos y arreglado la mandíbula.

María lanzó una exclamación de alegría, y la madre dijo riendo:

-¿Ves tú que bueno ha sido el padrino con tu Cascanueces?

-Pero tienes que convenir conmigo, María -interrumpió el magistrado-, que Cascanueces no posee una gran figura y que tampoco tiene nada de guapo. Si quieres oírme, te contaré la razón de que en su familia exista y se herede tal fealdad. Quizá sepas ya la historia de la princesa Pirlipat, de la bruja Ratona y del relojero artista.

-Escucha, padrino Drosselmeier -exclamó Federico de pronto-: has colocado muy bien los dientes de Cascanueces y le has arreglado la mandíbula de modo que ya no se mueve; pero ¿por qué le falta la espada? ¿por qué se la has quitado?

-¡Vaya -respondió el magistrado de mala gana-, a todo le tienes que poner faltas, chiquillo! ¿Qué importa la espada de

Cascanueces? Le he curado, y ahora puede coger una espada cuando quiera.

-Es verdad -repuso Federico-; es un mozo valiente y encontrará armas en cuanto le parezca. -Dime, María -continuó el magistrado-, si sabes la historia de la princesa Pirlipat.

-No -respondió María-; cuéntala, querido padrino, cuéntala.

-Espero -repuso la madre-, querido magistrado, que la historia no sea tan terrorífica como suele ser todo lo que usted cuenta.

-En absoluto, querida señora de Stahlbaum -respondió Drosselmeier-; por el contrario, es de lo más cómico que conozco.

-Cuenta, cuenta, querido padrino-exclamaron los niños.

Y el magistrado comenzó así:

EL CUENTO DE LA NUEZ DURA

-La madre de Pirlipat era esposa de un rey, y, por tanto, una reina, y Pirlipat fue princesa desde le momento de nacer. El rey no cabía en sí de gozo con aquella hijita tan linda que dormía en la cuna; mostraba su alegría exteriormente cantando y bailando y dando saltos en un pie y gritando sin cesar: "¡Viva!... ¡Viva! ¿Ha visto nadie una cosa más linda de mi Pirlipatita?" Y los ministros, los generales, los presidentes, los oficiales de Estado Mayor, saltaban como el señor, en un pie, y decían: %o, nunca." Y hay que reconocer que en aquella ocasión no mentían, pues desde que el mundo es mundo no había nacido una criatura más hermosa que la princesa Pirlipat. Su rostro parecía amasado con pétalos de rosa y de azucena y copos de seda rosada; los ojitos semejaban azur vivo, y tenía unos bellísimos bucles, iguales que hilos de oro. Además, la princesa Pirlipat había traído al mundo dos filas de dientecillos perlinos, con los que, a las dos horas de nacer, mordió en un dedo al canciller del reino, que quiso comprobar si eran iguales, obligándole a gritar: "¡Oh! ¡Gemelos!", aunque algunos pretendían que lo que dijo fue: "¡Ay, ay!", sin que hasta ahora se hayan puesto de acuerdo unos y otros. En una palabra: la princesita Pirlipat mordió, efectivamente, al canciller en el dedo, y todo el encantado país tuvo pruebas de que el cuerpecillo de la princesa daba albergue al talento, al espíritu y al valor.

Como ya hemos dicho, todo el mundo estaba contento menos la reina, que, sin que nadie supiese la causa, mostrábase recelosa e intranquila. Lo más chocante era que hacía vigilar con especial cuidado la cuna de la princesa. Aparte de que las puertas estaban guardadas por alabarderos, a los dos niñeras destinadas al servicio constante de la princesa agregábanse otras seis que, noche tras noche, habían de permanecer en la habitación. Y de lo que todos consideraban una locura, cuyo sentido nadie acertaba a explicarse, era que cada una de esas seis niñeras había de tener en el regazo un gato y pasarse la noche rascándole para que no se durmiese. Es imposible, hijos míos, que averigüéis el por qué la madre de Pirlipat hacía estas cosas, pero yo lo sé y os lo voy a decir.

Una vez reuniéronse en la Corte del padre de Pirlipat una porción de reyes y príncipes poderosos, y con tal motivo celebráronse torneos, comedias y bailes de gala. Queriendo el rey demostrar a sus huéspedes que no carecía de oro y plata, trató de hacer una incursión en el tesoro de la corona, preparando algo extraordinario. Advertido en secreto por el jefe de cocina de que el astrónomo de cámara había anunciado ya la época de matanza, ordenó un banquete, metióse en su coche y se fue a invitar a reyes y príncipes, diciéndoles que deseaba fuesen a tomar una cucharada de sopa con él, con objeto de disfrutar de la sorpresa que habían de causarles los platos exquisitos. Luego dijo a su mujer: "Ya sabes lo que me gusta la matanza". La reina sabía perfectamente lo que aquello significaba, y que no era otra cosa sino que ella misma, como hiciera otras veces, se dedicase al arte de salchichera. El tesorero mayor mandó en seguida trasladar a la cocina la gran caldera de oro de cocer morcillas y las cacerolas de plata, haciéndo preparar un gran fuego de leña de sándalo; la reina se puso su delantal de damasco y al poco tiempo salían humeante de la caldera el rico olor de la sopa de morcilla, que llegó hasta la del Consejo donde se encontraba el rey. Éste, entusiasmado, no pudo contenerse y dijo a los ministros: "Con vuestro permiso, señores míos", y se fue a la cocina; abrazando a la reina, meneó la sopa con el cetro y se volvió tranquilamente al salón.

Había llegado el momento precioso en que el tocino, cortado en cuadraditos y colocado en parrillas de plata, había de tostarse. Las damas de la corte se marcharon, pues este menester quería hacerlo la reina sola, por amor y consideración a su augusto esposo. Cuando empezaba a tostarse el tocino, oyóse una vocecita suave que decía: "Dame un poco de tocino, hermana; yo también quiero probarlo; también soy reina; dame un poquito." La reina sabía muy bien que quien así hablaba era la señora Ratona, que tenía su residencia en el palacio real de muchos años atrás. Pretendía estar emparentada con la real familia y ser reina de la línea de Mausoleo, y por eso tenía una gran corte debajo del fogón. La reina era bondadosa y caritativa; no reconocía a la señora Ratona como reina y hermana suya, pero le permitía de buena gana que participase de los festines;

así es que dijo: "Venga, señora Ratona; ya sabe usted que puede siempre probar mi tocino." En efecto, la señora Ratona se acercó, y con sus patitas menudas fue tomando trozo por trozo lo que le presentaba la reina. Pero luego salieron todos los compadres y las tías de la señora Ratona, y también sus siete hijos, canalla muy traviesa, que se echaron sobre el tocino, sin que pudiera apartarlos del fogón la asustada reina. Por fortuna, presentóse la camarera mayor, que espantó a los importunos huéspedes, logrando así que quedase algo de tocino, el cual se repartió concienzudamente en presencia del matemático de cámara, tocando un pedacito a cada uno de los embutidos.

Sonaron trompetas y tambores; todos los potentados y príncipes presentáronse vestidos de gala; unos en blancos palafrenes, otros en coches de cristales, para tomar parte en el banquete. El rey los recibió con mucho agrado, y, como señor del país, sentóse en la cabecera de la mesa, con cetro y corona. Cuando sirvieron las salchichas de hígado, vióse que el rey palidecía y levantaba los ojos al cielo, lanzando suspiros entrecortados, como si le acometiera un dolor profundo. Al probar las morcillas echóse hacia atrás en el sillón, se tapó la cara con la manos y comenzó a quejarse y a gemir sordamente. Todo el mundo se levantó de la mesa; el médico de cámara trató en vano de tomar el pulso al desgraciado rey, que lanzaba lamentos conmovedores. Al fin, después de muchas discusiones y de emplear remedios eficaces, tales como plumas de ave quemadas y otras cosas por el estilo, empezó el rey a dar señales de recobrarse un poco, y, casi ininteligibles, salieron de sus labios estas palabras: "¡Muy poco tocino!" La reina, inconsolable, echóse a sus pies, exclamando entre sollozos: "¡Oh, augusto y desgraciado esposo mío! ¡Qué dolor tan grande debe ser el tuyo! ¡A tus pies tienes a la culpable!... ¡Castígala, castígala con dureza! ¡Ay!... La señora Ratona, con sus siete hijos y sus compadres y sus tías, se han comido el tocino y..." La reina se desmayó sin decir más. Levantóse de su asiento el rey, lleno de ira, y dijo a gritos: "Camarera mayor, ¿cómo ha ocurrido esto?" La camarera mayor contó lo que sabía, y el rey decidió vengarse de la señora Ratona y de su familia, que le habían comido el tocino de sus embutidos.

Llamóse al consejero de Estado y se convino en formar proceso a la señora Ratona y encerrarla en sus dominios; pero como el rey pensaba que aun así seguirían comiéndosele el tocino, puso el asunto en manos del relojero y sabio de cámara. Este personaje, que precisamente se llamaba lo mismo que yo, Cristián Elías Drosselmeier, prometió al rey ahuyentar para siempre del palacio a la señora Ratona y a la familia valiéndose de un plan ingenioso. Inventó unas maquinitas al extremo de las cuales se ataba un pedazo de tocino asado, y Drosselmeier las colocó en los alrededores de la vivienda de la golosa. La señora Ratona era demasiado lista para no comprender la intención de Drosselmeier; pero de nada le valieron las advertencias y las reflexiones: atraídos por el agradable olor del tocino, los siete hijos de la señora Ratona y muchos parientes y compadres acudieron a las máquinas de Drosselmeier, y en el momento en que querían apoderarse del tocino veíanse presos en una jaula y transportados a la cocina, donde se los juzgaba ignominiosamente. La señora Ratona abandonó, con los pocos que quedaron de su familia, el lugar de la tragedia. La pena, la desesperación, la idea de venganza inundaban su alma. La Corte se alegró mucho; pero la reina se preocupaba, pues conocía a la señora Ratona y sabía que no había de dejar impune la muerte de sus hijos y demás parientes. Con efecto, un día que la reina preparaba un plato de bofes, que su augusto marido apreciaba mucho, apareció ante ella la señora Ratona y le dijo: "Mis hijos, mis tías..., toda mi parentela han sido asesinados; ten cuidado, señora, de que la reina de los ratones no muerda a tu princesita... Ten cuidado." Y, sin decir otra palabra, desapareció y no se dejó ver más. La reina se llevó tal susto que dejó caer a la lumbre el plato de bofes, y por segunda vez la señora Ratona fue la causa de que se estropease uno de los manjares favoritos del rey, por cuya razón se enfadó mucho. Pero basta por esta noche; otro día os contaré lo que queda.

A pesar de que María, que estaba pendiente del cuento, rogó al padrino Drosselmeier que lo terminase, no se dejó convencer, sino que, levantándose, dijo:

Demasiado   de una vez no es sano; mañana os contaré.

Cuando el magistrado se disponía a salir preguntóle Federico:

-Padrino Drosselmeier. ¿es verdad que tú inventaste las ratoneras?

-¡Qué pregunta más estúpida! -exclamó la madre. Pero el magistrado sonrió de un modo extraño y respondió en voz baja:

-¿No soy un relojero hábil y no es natural que pueda haber inventado ratoneras?

CONTINUACIÓN DEL CUENTO DE LA NUEZ DURA

-Ya sabéis, hijos míos -continuó el magistrado Drosselmeier a la noche siguiente-, la razón por qué la reina hacía vigilar con tanto cuidado a la princesa Pirlipat. ¿No era de temer que la señora Ratona cumpliese su amenaza y matase de un mordisco a la princesita! Las máquinas de Drosselmeier no valían de nada para la astuta señora Ratona, y el astrónomo de cámara, que al tiempo era astrólogo, trató de averiguar si la familia del Morrongo estaba en condiciones de alejar de la cuna a la señora Ratona. En consecuencia, cada una de las niñeras recibió un individuo de dicha familia, que estaban destinados a la Corte, como consejeros de Legación, obligándolas a tenerlos en el regazo y mediante caricias apropiadas, hacerles más agradable su difícil servicio.

Una noche, a eso de las doce, una de las dos niñeras particulares que permanecían junto a la cuna cayó en un profundo suelo. Todo estaba como dormido; no se oía el menor ruido... Todo yacía en silencio de muerte, en el que se oía el roer del gusano de madera. Figuraos cómo se quedaría la jefa de las niñeras cuando vio junto a sí un enorme y feísimo ratón que, sentado en las patas traseras, tenía la cabeza odiosa al lado de la de la princesa. Con un grito de espanto levantóse de un salto... Todos despertaron; pero en el mismo momento la señora Ratona huyó -ella era la que estaba en la cuna de Pirlipat- rápidamente al rincón del cuarto. Los consejeros de Legación echaron a correr detrás de ella, pero... demasiado tarde, A través de una rendija del suelo desapareció. Pirlipat despertó con el susto llorando lastimeramente. "¡Gracias a Dios! -exclamaron las guardianas-. ¡Vive!" Pero grande fue su terror cuando la miraron y vieron lo que había sido de la linda niña. En lugar de la cabecita angelical de bucles dorados y mejillas blancas y sonrosadas aparecía una cabezota informe, que coronaba un cuerpo encogido y pequeño; los ojos azules se habían convertido en verdes, saltones y mortecinos, y la boca le llegaba de oreja a oreja. La reina por poco se muere de desesperación, y hubo que almohadillar el despacho del rey porque se pasaba el día dándose con la cabeza en la pared y gritando con voz quejumbrosa: "¡Pobre de mí, rey desgraciado!" Hubiera debido convencerse de que habría sido mejor comerse los embutidos sin tocino y dejar a la señora Ratona en paz con su familia debajo del fogón; pero esto no se le ocurría al padre de Pirlipat, sino que echó toda la culpa al relojero de cámara y adivino Cristián Elías Drosselmeier de Nuremberg. En consecuencia, dictó una orden diciendo que concedía cuatro semanas a Drosselmeier para devolver a la princesa su primitivo estado, o por lo menos indicar un medio eficaz para conseguirlo, y en caso de no hacerlo así, al cabo de ese tiempo sufriría la muerte más vergonzosa a manos del verdugo.

Drosselmeier asustóse mucho, a pesar de que confiaba en su arte y en su suerte, y procedió desde luego a obrar con arreglo a lo que creyó oportuno. Desarticuló por completo a la princesita Pirlipat, inspeccionó las manos y los pies y se fijó en la estructura interna, resultando de sus investigaciones que la princesa sería más monstruosa cuanto más creciera y sin hallar medio para evitarlo. Volvió a articular a la princesa y quedóse preocupado junto a la cuna, de la cual la pobre niña no habría de salir nunca. Llegó la cuarta semana; era ya miércoles, y el rey, que miraba irritadísimo al relojero, le dijo amenazador: "Cristián Elías Drosselmeier, si no curas a la princesa, morirás." Drosselmeier comenzó a llorar amargamente, mientras la princesa Pirlipat partía nueces muy satisfecha. Por primera vez pensó el sabio en la extraodinaria afición de Pirlipat a las nueces y en la circunstancia de que hubiera nacido con dientes. Después del cambio gritó de un modo lamentable, hasta que, por casualidad, le dieron una nuez, que partió en seguida, comiéndose la pulpa y quedándose tranquila. Desde aquel momento las niñeras no hacían otra cosa que darle nueces. ¡Oh divino instinto de la Naturaleza, impenetrable simpatía de todos

31

los seres! -exclamó Cristián Elías Drosselmeier-. Tú me indicas el camino para descubrir el secreto." Pidió permiso para tener una conversación con el astrónomo de cámara y le condujeron a su presencia, custodiado por varios guardias. Ambos sabios se abrazaron con lágrimas en los ojos, pues eran grandes amigos; retirándose luego a un gabinete apartado y registraron muchos libros que trataban del instinto y de las simpatías y antipatías y de otras cosas ocultas, Hízose de noche; el astrónomo de cámara miró las estrellas y estableció el horóscopo de la princesa Pirlipat con ayuda de Drosselmeier, que también entendía mucho de esto. Fue un trabajo muy rudo, pues las líneas se retorcían más y más; por fin..., ¡oh alegría!..., vieron claro que para desencantar a la princesa, haciéndole recobrar su primitiva hermosura, no tenían más que hacerle comer la nuez Kracatuk.

Esta nuez tenía una cáscara tan dura que podía gravitar sobre ella un cañón de cuarenta y ocho libras sin romperla. Debía partirla, en presencia de la princesa, un hombre que nunca se hubiese afeitado ni puesto botas, y con los ojos cerrados darle a comer la pulpa. Sólo después de haber andado siete pasos hacia atrás sin tropezar podía el joven abrir los ojos. Tres días y tres noches trabajaron el astrónomo y Drosselmeier sin interrupción, y estaba el rey sentado a la mesa al mediodía del sábado cuando Drosselmeier, que debía ser decapitado el domingo muy de mañana, presentóse de repente lleno de alegría, anunciando el medio de devolver a la princesa Pirlipat la perdida hermosura. El rey lo abrazó entusiasmado, prometióle una espada de diamantes, varias cruces y dos trajes de gala.. "En cuanto acabe de comer-dijo-pondremos manos a la obra; cuide, señor sabio, de que el joven sin afeitar y sin zapatos esté a mano con la nuez Kracatuk, y procure que no beba vino, con objeto de que no tropice al dar los siete pasos hacia atrás como un cangrejo; después puede emborracharse si quiere." Drosselmeier quedó perplejo ante las palabras del rey, y temblando vacilante, balbuceó que desde luego se había dado con el medio de desencantar a la princesa, que consistía en la nuez susodicha y en el mozo que la partiese, pero que aún quedaba el trabajo de buscarlos, pues había alguna duda de si se encontrarían la nuez y el partidor. Irritadísimo el rey, agitó en el aire el cetro y gritó con voz fiera: "En ello te va la cabeza." La suerte para el apurado Drosselmeier fue que el rey había comido muy a gusto y estaba de buen humor para escuchar las disculpas que la reina, compadecida de Drosselmeier, le expuso. Drosselmeier recobró un poco de ánimo y concluyó por decir que había cumplido su misión descubriendo el medio con que podía ser curada la princesa, y con ello creía haber ganado la cabeza. El rey repuso que eso era charlar sin sentido; pero al fin decidió, después de tomar un vasito de licor, que

tanto el relojero como el astrónomo se pusiesen en camino y no volviesen sin traer la nuez. El hombre para partirla podía hallarse insertando repetidas veces un anuncio en los periódicos del reino y extranjeros y en las hojas anunciadoras.

El magistrado suspendió el relato, prometiendo contar el resto al día siguiente.

FIN DEL CUENTO DE LA NUEZ DURA

A la noche siguiente, en cuanto encendieron las luces, presentóse el padrino Drosselmeier y siguió contando:

-Drosselmeier y el astrónomo estuvieron de viaje quince años sin dar con las huellas de la nuez Kracatuk. Podía estar contándoos cuatro semanas seguidas los sitios que recorrieron y las cosas raras que vieron; pero no lo haré ahora, y sólo os diré que Drosselmeier comenzó a sentir la nostalgia de su ciudad natal, Nuremberg. Y tal nostalgia fue mayor que nunca un día que, hallándose con su amigo en medio de un bosque de Asia, fumaba una pipa de tabaco. "Oh hermosa ciudad!-quien no te haya visto nunca, -aunque haya viajado mucho, -aunque haya visitado Londres, París, y S. Petersburgo, -no le ha saltado nunca el corazón -y sentirá nostalgia de ti, -¡oh Nuremberg, hermosa ciudad, -que tiene tantas casas y ventanas bellas!" Cuando oyó lamentarse tanto a Drosselmeier, sintió el astrónomo gran compasión y comenzó a su vez a lanzar tales gemidos que se podían oír en toda Asia. Logró, sin embargo, rehacerse, secóse las lágrimas y preguntó a su compañero: "Querido colega, ¿por qué nos hemos sentado aquí a llorar?

¿Por qué no nos vamos a Nuremberg? Después de todo, lo mismo nos da buscar la fatal nuez en un sitio que en otro." "Es verdad", respondió Drosselmeier, consolado.

Los dos se pusieron en pie; sacudieron las pipas y se fueron derechos, desde el bosque del centro de Asia, a Nuremberg.

En cuanto llegaron allá, dirigióse Drosselmeier a casa de su primo, el fabricante de muñecas, dorador y barnizador Cristóbal Zacarías Drosselmeier, quien no veía hacía muchísimos años. Contóle toda la historia de la princesa Pirlipat, la señora Ratona y la nuez Kracatuk, lo cual le obligó a juntar las manos repetidas veces, en medio del mayor asombro, y decir al cabo: "¡Ay, primo, qué cosas tan extraordinarias me cuentas!" Drosselmeier continuó relatando las peripecias de su largo viaje, de cómo había pasado dos años con el rey de las Palmeras, de cómo le despreció el príncipe de los Almendros, de cómo pidió inútilmente ayuda para sus investigaciones a las encinas; en una palabra, de cómo por todas partes fue encontrando dificultades, sin lograr dar con la menor huella de la nuez Kracatuk. Mientras duró el relato, Cristóbal Zacarías chasqueó los dedos varias veces, levantóse sobre un pie solo y murmuró: "Hum..., hum..., ¡ah!..., ¡ah! ¡Eso sería cosa del diablo!" Al fin, echó al aire la montera y la peluca, abrazó a su primo con entusiasmo y exclamó: "¡Primo, primo! Estás salvado; te digo que estás salvado; si no me engaño, tengo en mi poder la nuez Kracatuk." Y sacó una cajita, en la que guardaba una nuez dorada de tamaño mediano.

"Mira -dijo enseñando la nuez a su primo-, mira. La historia de esta nuez es la siguiente: hace muchos años, en Navidad, vino un forastero con un saco lleno de nueces, que vendía baratas. Justamente delante de mi puerta empezó a reñir con el vendedor de nueces del pueblo, que le atacaba, molesto porque el otro vendiera su mercancía, y para defenderse mejor dejó el saco en el suelo. En el mismo momento un carro muy cargado pasó

por encima del saco, partiendo todas las nueces menos una, que el forastero, riendo de un modo extraño, me dijo que me vendía por una moneda de plata del año 1720. Sorprendente me pareció encontrar en mi bolsillo una moneda precisamente de aquel año; compre la nuez y la doré, sin saber a punto fijo por qué había pagado tan caro una simple nuez y por qué la guardé luego con tanto cuidado."

Las dudas que pudieran quedarles sobre la autenticidad de la nuez desaparecieron cuando el astrónomo miró detenidamente la cáscara y descubrió que en la costura estaba grabada en caracteres chinos la palabra Kracatuk. La alegría de los viajeros fue inmensa, y el primo consideróse el hombre más feliz de la tierra, pues Drosselmeier le aseguró que había hecho su suerte y que, además de una pensión fija podría tener cuanto oro quisiese para dorar. El relojero y el astrónomo se pusieron los gorros de dormir y se iban a la cama, cuando el último, es decir, el astrónomo, dijo: "Apreciable colega: una alegría no viene nunca sola; yo creo que hemos encontrado, juntamente con la nuez Kracatuk, el joven que debe partirla para que la princesa recobre su hermosura. Me refiero al hijo de su primo de usted. No quiero dormir -continuó-, sino que voy a leer el horóscopo del joven." Quitóse el gorro de dormir y se puso a hacer observaciones.

El hijo del primo era un muchacho fornido y simpático, que no se había afeitado todavía y nunca había usado botas. Cuando más joven, fue durante un par de Navidades un muñeco de guiñol, cosa que ya no se le notaba merced a los solícitos cuidados de su padre. En los días de Navidad usaba un traje rojo con muchos dorados, una espada, el sombrero debajo del brazo y una peluca muy rizada con redecilla. Así se lucía en la tienda de su padre, y por galantería partía nueces para las muchachas por los cual le llamaban el lindo de Cascanueces.

A la mañana siguiente cogió el astrónomo al sabio por los cabezones y le dijo: "Es él..., ya lo tenemos.., lo hemos hallado. Sólo nos quedan dos cosas que prever: la primera es que creo yo se debe colocar al joven una trenza de madera unida a la mandíbula inferior, con objeto de sujetarla bien; y la segunda que cuando lleguemos a la Corte debemos ocultar con sumo cuidado que llevamos con nosotros al joven que ha de partir la nuez Kracatuk. He leído en su horóscopo que cuando el rey vea que algunos se rompen los dientes tratando de partirla sin resultado ofrecerá al que lo consiga, y con ello devolver la perdida hermosura a la hija, la mano de ésta y los derechos de sucesión al trono." El primo fabricante de muñecas quedóse encantado ante la perspectiva de que su hijo pudiese ser príncipe heredero de un trono, y se confió en absoluto a los embajadores, la trenza que Drosselmeier colocó a su sobrino resultó muy bien; tanto, que mediante aquel refuerzo podía partir hasta los durísimos huesos de los melocotones.

En el momento en que Drosselemeier y el astrónomo anunciaron a la Corte el hallazgo de la nuez se hicieron todos los preparativos necesarios, y en cuanto llegaron con el remedio para la perdida belleza, encontraron reunidos a una porción de jóvenes, entre los cuales figuraban bastantes príncipes que, confiando en sus fuertes dientes, trataban de desencantar a la princesa. Los embajadores asustáronse no poco cuando volvieron a ver a Pirlipat. El cuerpecillo, con sus manos y sus pies casi invisibles, apenas si podía sostener la enorme cabeza, la fealdad del rostro estaba aumentada aún por una especie de barba de algodón que le había puesto alrededor de la barbilla y de la boca. Todo ocurrió como estaba predicho en el horóscopo. Una barbilampiño tras otro, calzados con zapatos, fueron estropeándose los dientes y las mandíbulas con la nuez Kracatuk, sin conseguir nada práctico; y cuando eran retirados, casi sin sentido, por el dentista nombrado al efecto, decían suspirando: "¡Qué nuez tan dura!" En el momento en que el rey, dolorido y triste prometió al que desencatara a su hija la mano de la princesa y su reino, apareció el joven Drosselmeier de Nuremberg, que pidió le fuera permitido hacer la prueba. Ninguno como él había agradado a la princesa Pirlipat; así es que se colocó las manos sobre el corazón y suspirando profundamente dijo: "¡Ah, si fuera éste el que partiera la nuez y se convirtiera en mi marido!"

Después que el joven Drosselmeier hubo saludado cortésmente al rey, a la reina y a la princesa Pirlipat, tomó de manos del maestro de ceremonias la nuez Kracatuk, metiósela sin más entre los dientes, apretó y... ¡crac!, la cáscara se partió en cuatro. Limpió la pulpa de los fragmentos de cáscara que quedaban adheridos y, con una humilde reverencia, se la entregó a la princesa, cerrando inmediatamente los ojos y comenzando a andar hacia atrás. La princesa se comió en seguida la nuez y, oh maravilla!, en el momento desapareció la horrible figura, dejando en su lugar la de una joven angelical, cuyo rostro parecía hecho de azucena y rosas mezclado con capullos de seda; los ojos, de un brillante azul; los cabellos, de oro puro. La trompetas y los tambores mezclaron los sonidos a los gritos de júbilo del pueblo. El rey y toda la Corte bailaron en un pie, como el día del nacimiento de Pirlipat, y la reina hubo de ser socorrida con agua de Colonia, porque perdió el sentido de alegría.

El gran barullo desconcertó un poco al joven Drosselmeier, que aún no había terminado sus siete pasos; logró dominarse, y echó el pie derecho para dar el paso séptimo; en el mismo instante salió chillando la señora Ratona de una rendija del suelo, de modo que al dejar caer el pie el joven Drosselmeier la pisó, tropezando de tal manera que por poco se cae. ¡Qué torpeza! Apenas puso el pie en el suelo, quedó tan cambiado como antes lo estuviera la princesa Pirlipat. El cuerpo se le quedó encogido y apenas si podía sostener la enorme cabeza con ojos saltones y la boca monstruosa y abierta. En vez de trenza, le colgaba a la espalda una capita que estaba unida a la mandíbula inferior. El relojero y el astrónomo estaban fuera de sí de miedo y de rabia, viendo con gusto que la señora Ratona yacía en el suelo cubierta de sangre. Su maldad no quedaría sin castigo, pues el joven Drosselmeier le dio en la cabeza con el tacón de su zapato, hiriéndola de muerte. Agonizando ya, quejábase de un modo lastimero, diciendo: "¡Oh Kracatuk, nuez dura causa de mi muerte! ¡Hi, hi, hi! hermoso Cascanueces, también a ti te alcanzará la muerte, Mi hijito, el de las siete coronas, dará su merecido a Cascanueces y vengará en ti a su madre. Vive tan contento y tan colorado; me despido de ti en las ansias de la muerte." Y acabado de decir esto, murió la señora Ratona y fue sacada del calentador real.

Nadie se había ocupado del pobre Drosselmeier; la princesa recordó al rey su promesa de darle por esposa al vencedor, y entonces se mandó llamar al joven héroe. Cuando se presentó el desgraciado en su nuevo aspecto, la princesa se cubrió el rostro con las manos, exclamando: "¡Fuera, fuera el asqueroso Cascanueces!" El mayordomo mayor le cogió de los hombros y lo echó fuera del salón. El rey se enfureció mucho al pensar que le habían querido dar por yerno a un cascanueces: echó toda la culpa de lo ocurrido al relojero y al astrónomo y los mandó desterrar del reino. Esta parte no figuraba en el horóscopo que el astrónomo leyera en Nuremberg; no por eso se abstuvo de observar las estrellas, pareciéndole leer en ellas que el joven Drosselmeier se portaría tan bien en su nueva situación que a pesar de su grotesca figura, llegaría a ser príncipe rey. Su deformidad no se desaparecería hasta que cayese en su poder el hijo de la señora Ratona, que después de la muerte de los otros siete había nacido con siete cabezas y ahora era rey, y cuando una dama lo amase a pesar de su figura. Seguramente habrá podido verse al pobre Drosselmeier en Nuremberg, en Navidad, en la tienda de su padre, como cascanueces al mismo tiempo que como príncipe. Este es, queridos niños, el cuento de la nuez dura, y de aquí viene el que la gente, cuando encuentra difícil una cosa, suela decir: "¡Qué nuez tan dura!" y también el que los cascanueces sean tan feos.

Así terminó el magistrado su relato.

María sacó en consecuencia que la princesa Pirlipat era una niña muy cruel y desagradecida. Federico, por el contrario, era de opinión que si Cascanueces quería volver a ser un guapo mozo debía no andarse en contemplaciones con el rey de los ratones y no tardaría en recobrar su primitiva figura.

TÍO Y SOBRINO

Si alguno de mis lectores y oyentes se ha cortado con un cristal, sabrá por experiencia lo mala cosa que es y lo que tarda en curarse. María tuvo que pasarse una semana en la cama, porque en cuanto trataba de levantarse sentíase muy mal. Al fin, sin embargo, se puso buena, y pudo, como antes, andar de un lado para otro. En el armario de cristales toda estaba muy bonito, pues había árboles y flores y casas nuevas y también lindas muñecas. Pero lo que más le agradó a María fue encontrarse con su querido Cascanueces, que le sonreía desde la segunda tabla, enseñando sus dientecillos nuevos. Conforme estaba mirando a su preferido, recordó con tristeza todo lo que el padrino les había contado de la historia de Cascanueces y de sus disensiones con la señora Ratona y su hijo. Ella sabía que su muñequito no podía ser otro que el joven Drosselmeier de Nuremberg, el sobrino querido de su padrino, embrujado por la señora Ratona. Y tampoco le cabía a la niña la menor duda de que el relojero de la Corte del padre de Pirlipat no era otro que el magistrado Drosselmeier.

-Pero ¿por qué razón no acude en tu ayuda tu tío? ¿Por qué? -exclamaba tristemente al recordar, cada vez con más viveza, que en la batalla que presenciara se jugaron la corona y el reino de Cascanueces-. ¿No eran súbditos y no era cierto que la profecía del astrónomo de cámara se había cumplido y que el joven Drosselmeier era rey de los muñecos?

Mientras la inteligente María daba vueltas en su cabecita a estas ideas, parecióle que Cascanueces y sus vasallos, en el mismo momento en que ella los consideraba como seres vivos, adquirían vida de verdad y se movían. Pero no era así: en el armario todo permanecía tranquilo y quieto y María vióse obligada a renunciar a su convencimiento íntimo, aunque desde luego siguió creyendo en la brujería de la señora Ratona y de su hijo, el de las siete cabezas. Y dirigiéndose al Cascanueces le dijo:

-Aunque no se pueda usted mover ni decirme una palabra, querido señor Drosselmeier, sé de sobra que usted me comprende y sabe lo bien que lo quiero; cuente con mi adhesión para todo lo que usted necesite. Por lo pronto voy a pedir al padrino que, con su habilidad, le ayude en lo que sea necesario.

Cascanueces permaneció quieto y callado; pero a María le pareció que en el armario se oía un suspiro suavísimo, apenas perceptible, que al chocar con los cristales producía tonos melodiosos, como de campanitas, y creyó escuchar las palabras siguientes: "María, angelito de mi guarda..., he de ser tuyo y tú mía."

María sintió un bienestar dulcísimo en medio de un estremecimiento que recorrió todo su ser.

Anocheció. El consejero de Sanidad entró con el padrino Drosselmeier, y a poco Luisa preparó el té y toda la familia se reunió alrededor de la mesa, hablando alegremente. María fue a buscar su silloncito en silencio y se colocó a los pies del padrino Drosselmeier. Cuando todo el mundo se calló, María miró con sus grandes ojos azules muy abiertos al padrino y le dijo:

-Ya sé, querido padrino, que mi Cascanueces es tu sobrino, el joven Drosselmeier de Nuremberg. Ha llegado a príncipe, mejor dicho a rey, cumpliéndose la profecía de tu amigo el astrónomo; pero, corno tú sabes perfectamente, está en lucha abierta con el hijo de la señora Ratona, con el horrible rey de los ratones. ¿Por qué no lo ayudas?

María le volvió a referir toda la batalla que ella presenciara, viéndose interrumpida varias veces por las carcajadas de su madre y de Luisa. Solamente Federico y Drosselmeier permanecieron serios.

-¿De dónde se ha sacado todas esas tonterías esta chiquilla? -dijo el consejero de Sanidad.

-Es que tiene una imaginación volcánica -repuso la madre-. Todo ello no son más que sueños producidos por la fiebre.

-Nada de eso es cierto -exclamó Federico-; mis húsares no son tan cobardes. ¡Por el bajá Manelka! ¿Cómo iba yo a consentir semejante cosa?

Sonriendo de un modo especial, tomó Drosselmeier en brazos a la pequeña María y le dijo, con más dulzura que nunca:

-Hija mía: tú posees más que ninguno de nosotros: tú has nacido princesa, como Pirlipat, y reinas en un reino hermoso y brillante. Pero tienes que sufrir mucho si quieres proteger al pobre y desfigurado Cascanueces, pues el rey de los ratones lo ha de perseguir de todos

modos y por todas partes. Y no soy yo quien puede ayudarle, sino tú; tú sola puedes salvarle; sé fuerte y fiel. Ni María ni ninguno de los demás supo lo que quería decir Drosselmeier con aquellas palabras. Al consejero de Sanidad le chocaron tanto que, tomando el pulso al magistrado, le dijo:

-Querido amigo, usted padece de congestión cerebral; voy a recetarle algo.

La madre de María movió la cabeza, pensativa, y dijo: -Yo me figuro lo que el magistrado quiere decir, pero no lo puedo expresar con palabras corrientes.

LA VICTORIA

No había transcurrido mucho tiempo cuando María se despertó, una noche de luna, por un ruido extraño que parecía salir del rincón de su cuarto. Era como si tiraran

y rodasen piedrecillas y como si al tiempo sonasen unos chillidos agudos.

-¡tos ratones, los ratones! -exclamó María, asustada.

Y pensó en despertar a su madre; pero cesó el ruido y no se atrevió a moverse.

Por fin vio cómo el rey de los ratones trataba de pasar a través de una rendija y cómo lograba penetrar en el cuarto, con sus siete coronas y sus ojillos chispeantes, y

de un salto se colocaba en una mesita junto a la cama de María. "¡Hi..., hi..., hi?...; dame tus confites..., dame tu mazapán, linda niña...; si no, morderé a tu Cascanueces." Así decía el rey de los ratones en sus chillidos, rechinando al mismo tiempo los dientes de un modo espantoso y desapareciendo a los pocos momentos por el agujero. Mar"=.a se angustió tanto con aquella aparición que al día siguiente estaba pálida y ojerosa, y, muy conmovida,

apenas se atrevía a pronunciar palabra. Cien veces pensó quejarse a su madre, a Luisa o, por lo menos a Federico de lo que le había ocurrido; pero pensó:

-No me van a creer y además se van a reír de mí. Comprendía claramente que para salvar a Cascanueces tenía que dar confites y mazapán, y a la noche siguiente colocó cuanto poseía en el borde del armario. Por la mañana, la consejera de Sanidad dijo:

-Yo no sé por dónde entran los ratones en la casa; pero mira, María, lo que han hecho con tus confites: se los han comido todos.

Así era en efecto. El mazapán relleno no había sido' del gusto del glotón rey de los ratones, de suerte que sólo lo había roído con sus dientes afilados y, por tanto, no había más remedio que tirarlo. María no se preocupó para nada de sus golosinas; al contrario, mostrábase muy contenta porque creía haber salvado así a su Cascanueces. Pero cuál no sería su susto cuando a la noche siguiente volvió a oír chillar junto a sus oídos. El rey de los ratones estaba otra vez allí, y sus ojos brillaban más asquerosos aún que la noche anterior, y rechinaba los dientes con más fuerza, diciendo: "Me tienes que dar azúcar... y tus muñecas de goma, niñita, pues si no morderé a tu Cascanueces." Y en cuanto hubo pronunciado tales palabras desapareció por el agujero.

María quedó afligidísima. A la mañana siguiente fue al armario y contempló sus muñecos de azúcar y de goma. Su dolor era muy explicable, porque no te puedes imaginar, querida lectora, las figuritas tan monas de azúcar y de goma que tenía María Stahlbaum. Además de un pastorcillo muy lindo, con su pastorcita, y un rebaño completo de ovejitas blancas como la leche, que pastaba acompañado de un perro saltarín y alegre, había dos carteros con cartas en la mano y cuatro parejas de jovenzuelos y muchachitas vestidas de colorines, que se balanceaban en un columpio ruso. Detrás de unos bailarines asomaba el granjero Tomillo con la Doncella de Orleáns, los cuales no eran muy del agrado de María; pero en el rinconcito estaba un nene de mejillas coloradas: su predilecto. Las lágrimas asomaron a los ojos de la pobre María.

-¡Ay! -exclamó dirigiéndose al Cascanueces-, Querido señor Drosselmeier, ¿qué no haría yo por salvarlo? Pero, la verdad, esto es demasiado duro.

Cascanueces tenía un aspecto tan triste, que María, que creía ver al repugnante rey de los ratones con sus siete bocas abiertas lanzándose sobre el desgraciado joven, decidió sacrificarlo todo.

Aquella noche colocó todos sus muñecos de azúcar en el borde del armario, como hiciera la noche anterior con los confites. Besó al pastor, a la pastora, a los borreguitos y, por último, cogió a su predilecto, el muñequito de goma de los carrillos colorados, colocándolo detrás de todos. El granjero Tomillo y la Doncella de Orleáns ocuparon la primera línea.

-Esto es demasiado -dijo la consejera de Sanidad a la mañana siguiente-. Debe de haber anidado en el armario algún ratón grande y hambriento, pues todos los muñecos de azúcar de la pobre María están roídos y deshechos.

María no lograba contener las lágrimas, pero al fin consiguió sonreír, pues pensó: "Con esto, seguramente, estará salvado Cascanueces."

Cuando por la noche la señora contaba al magistrado la fechoría y manifestaba su creencia de que en el armario debía de esconderse un ratón, dijo su marido:

-Es terrible que no podamos acabar con el asqueroso ratón que se oculta en el armario y se come las golosinas de María.

-Mira -exclamó Federico muy satisfecho-: el panadero de abajo tiene un magnífico consejero de legación gris; voy a subirlo; él pondrá las cosas en orden y se comerá al ratón, aunque sea la misma señora Ratona o su hijo el rey de las siete cabezas.

-Sí -repuso la madre riendo-, y se subirá encima de las sillas y de las mesas, y tirará los vasos y las tazas, y hará mil fechorías por todas partes.

-De ninguna manera -replicó Federico-. El gato del panadero es muy hábil; ya quisiera yo saber andar con tanta suavidad como él por tos tejados.

-No traigáis un gato por la noche -exclamó Luisa, que no podía sufrir a tales animalitos.

-Realmente -dijo el padre-, Federico tiene razón; pero también podemos colocar una ratonera. ¿No tenemos alguna?

-Nos la puede hacer el padrino, que es el inventor de ellas -dijo Federico.

Todos rieron la ocurrencia; y ante la afirmación de la madre de que en la casa no había ninguna ratonera, declaró el magistrado que él tenía varias, y se fue en seguida a su casa a buscar una de las mejores.

Federico y María recordaban el cuento de la nuez dura. Y cuando la cocinera preparaba el tocino, María comenzó a temblar y a estremecerse, y dijo:

-Señora reina, tenga cuidado con la señora Ratona y su familia.

Y Federico, desenvainando su sable, exclamó:

-Que vengan, si quieren, que yo los espantaré. Todo permaneció tranquilo debajo del fogón. Cuando el magistrado hubo concluido de poner el tocino en el hilo y colocó la ratonera en el armario, díjole Federico:

-Ten cuidado, padrino relojero, no vaya a ser que el rey de los ratones te juegue una mala pasada.

¡Qué mal lo pasó María a la noche siguiente! Una cosa fría como el hielo le tocaba en el brazo, posándose asquerosa en sus mejillas y chillando a su oído. El repugnante rey de los ratones estaba sobre su hombro, y babeaba de color rojo sanguinolento por sus siete bocas abiertas, y castañeteando y rechinando sus dientecillos murmuraba al oído de María: "¡Ssss..., sss!; no iré a la casa..., no iré a comer..., no caeré en la trampa..; ¡sss! dame tu libro de estampas.. y además tu vestidito nuevo, y si no, no te dejaré en paz. Has de saber que si no me haces caso morderé a Cascanueces. ¡Hi..., hi..., hi!... .

María quedase muy triste y apesadumbrada, y por la mañana estaba palidísima cuando su madre le comunicó: -El pícaro ratón no ha caído.

Y suponiendo la buena señora que la causa de la tristeza de María era la pérdida de sus golosinas, añadió: -Pero, pierde cuidado, querida mía, que ya lo cogeremos. Si no valen las ratoneras, acudiremos al gato gris de Federico.

En cuanto María se vio sola en la habitación, acercóse al armario de cristales y, suspirando, dijo al Cascanueces:

-Querido señor Drosselmeier: ¿qué puede hacer por usted esta desgraciada niña? Si le doy al asqueroso rey de los ratones mis libros de estampas y el vestidito que me trajo el Niño Jesús, me seguirá pidiendo cosas hasta que no tenga ya nada que darle, y me muerda a mí en vez de morderle a usted. ¡Pobre de mí! ¿Qué haré..., qué haré? Llorando y lamentándose, la pequeña María notó que de la noche famosa le quedaba al Cascanueces una mancha de sangre en el cuello. Desde el momento en que María supo que el Cascanueces era el joven Drosselmeier, el sobrino del magistrado, no lo llevaba en brazos ni lo besaba ni acariciaba; es más: por una especie de respeto, ni se atrevía a tocarlo. Este día, sin embargo, lo tomó con mucho cuidado de la tabla en que estaba y comenzó a frotarle la mancha con su pañuelo. ¡Qué emoción la suya

cuando observó que Cascanueces adquiría calor en sus manos y empezaba a moverse! Muy de prisa volvió a ponerlo en el armario, y entonces oyó que decía muy bajito:

-Querida señorita de Stahlbaum, respetada amiga mía, ¡cómo le agradezco todo!... No, no sacrifique usted sus libros de estampas ni su vestido nuevo...; proporcióneme una espada..., una espada, lo demás corre de mi cuenta.

Aquí perdió Cascanueces el habla; y sus ojos, que adquirieran cierta expresión de melancolía, volvieron a quedarse fijos y sin vida.

María no sintió el menor miedo; antes por el contrario, tuvo una gran alegría al saber un medio para salvar al Cascanueces sin mayores sacrificios. Pero ¿de dónde podría sacar una espada para el pobre pequeño? Decidió tomar consejo de Federico; y por la noche, luego de haberse retirado los padres y sentados los dos junto al armario, le contó todo lo que le había ocurrido con el Cascanueces y con el rey de los ratones y la manera como creía poder salvar al primero. Nada preocupó tanto a Federico como el saber lo mal que sus húsares se portaron en la batalla. Preguntó de nuevo a su hermana si estaba segura de lo que afirmaba, y cuando María le dio su palabra de que cuanto decía era la verdad, acercóse Federico al armario de cristales, dirigió a sus húsares un discurso patético y, para castigarlos por su cobardía y su egoísmo, les quitó del quepis la divisa y les prohibió tocar la marcha de los húsares de la Guardia durante un año. Después que hubo ordenado el castigo, volvióse a María y le dijo:

-En cuanto a lo del sable, yo puedo ayudar a Cascanueces. Ayer precisamente he retirado a un coronel de coraceros, concediéndole una pensión, y, por tanto, ya no necesita espada.

El susodicho coronel disfrutaba su retiro en el más oculto rincón de la tabla superior; allí fueron a buscarlo. Le quitaron el sable, con incrustaciones de plata, y se lo colgaron a Cascanueces.

María no pudo dormir aquella noche de puro miedo. A eso de las doce parecióle oír en el gabinete ruidos extraños. De pronto oyó un chillido.

-¡El rey de los ratones! ¡El rey de los ratones! -exclamó María; y saltó de la cama horrorizada.

Todo estaba en silencio; pero a poco llamaron suavemente a la puerta y escuchóse una vocecilla tímida: -Respetada señorita de Stahlbaum, abra sin miedo... Le traigo buenas noticias.

María reconoció la voz del joven Drosselmeier. Echóse el vestido y abrió la puerta. Cascanueces estaba delante de ella, con la espada ensangrentada en la mano derecha y una bujía en la izquierda. En cuanto vio a María, puso la rodilla en tierra y dijo:

-Vos, señora, habéis sido la que me habéis animado y armado mi brazo para vencer al insolente que se había permitido insultaros. Vencido y revolcándose en su sangre yace el traidor rey de los ratones. Permitid, señora, que os ofrezca el trofeo de la victoria y dignaos aceptarlo de manos de vuestro rendido caballero.

Y al decir estas palabras dejó ver las siete coronas de oro del rey de los ratones, que llevaba en el brazo izquierdo, entregándoselas a la niña, que las tomó llena de alegría.

Cascanueces se puso en pie y continuó:

-Respetada señorita de Stahlbaum: ahora que mi enemigo está vencido, tendría sumo gusto en mostrarle una porción de cosas bellas si tiene la bondad de seguirme unos pasos. Hágalo, hágalo, querida señorita.

EL REINO DE LAS MUÑECAS

Me parece a mí, queridos lectores, que ninguno de vosotros habría vacilado en seguir al buen Cascanueces, que no era fácil tuviese propósitos de causaros mal alguno. María lo hizo así, con tanto mayor ganas cuanto que sabía podía contar con el agradecimiento de Cascanueces y estaba convencida de que cumpliría su palabra haciéndole ver multitud de cosas bellas. Por lo tanto, dijo:

-Iré con usted, señor Drosselmeier, pero no muy lejos ni por mucho tiempo, pues no he dormido nada.

-Entonces tomaremos el camino más corto, aunque sea el más difícil -respondió Cascanueces.

Y echó a andar delante, siguiéndole María, hasta que se detuvieron frente al gran armario del recibimiento. María quedóse asombrada al ver que las puertas del armario, habitualmente cerradas, estaban abiertas de par en par, dejando al descubierto el abrigo de piel de zorra que el padre usaba en los viajes y que colgaba en primer término. Cascanueces trepó con mucha agilidad por los adornos y molduras, hasta que pudo alcanzar el hermoso hopo que, sujeto por un grueso cordón, colgaba de la parte de atrás del abrigo de piel. En cuanto Cascanueces se apoderó del hopo, echó abajo una escala monísima de madera de cedro a través de la manga de piel.

-Haga el favor de subir, señorita -exclamó Cascanueces.

María lo hizo así; pero apenas había comenzado a subir por la manga, casi en el mismo momento en que empezaba a mirar por encima del cuello, quedó deslumbrada por una luz cegadora y encontróse de repente en una pradera perfumada, de la que brotaban millones de chispas como piedras preciosas.

-Estamos en la pradera de Cande -dijo Cascanueces- y tenemos que pasar por aquella puerta. Entonces advirtió María la hermosa puerta que no viera hasta aquel momento, y que se elevaba a pocos paso de la pradera. Parecía edificada de mármol blanco, pardo y color Corinto; pero mirándola despacio descubrió que los materiales de construcción eran almendras garapiñadas y pasas, por cuya razón, según le dijo Cascanueces, aquella puerta por la que iban a penetrar se llamaba la "puerta de las Almendras y de las Pasas". La gente vulgar llamábala la "puerta de los Mendigos", con muy poca propiedad. En una galería exterior de esta puerta, al parecer de azúcar de naranja, seis monitos, vestidos con casaquitas rojas, tocaban una música turca de lo más bonito que se puede oír, y María apenas si advirtió que seguían avanzando por un pavimento de lajas de mármol que, sin embargo, no eran otra cosa que pastillas muy bien hechas.

A poco oyéronse unos acordes dulcísimos, procedentes de un bosquecillo maravilloso que se extendía a ambos lados. Entre el follaje verde había tal claridad que se veían perfectamente los frutos dorados y plateados colgando de las ramas, de colores vivos, y éstas y los troncos aparecían adornados con cintas y ramos de flores, que semejaban novios alegres y recién casados llenos de felicidad. Y de vez en cuando el aroma de los naranjos era esparcido por el blando céfiro, que resonaba en las ramas y en las hojas, las cuales, al entrechocarse, producían un ruido semejante a la más melodiosa música, a cuyos acordes bailaban y danzaban las brillantes lucecillas.

-¡Qué bonito es todo esto! -exclamó María, encantada y loca de contento.

-Estamos en el bosque de Navidad, querida señorita -dijo Cascanueces.

-¡Ay! -continuó María-, si pudiera permanecer aquí! ¡Es tan bonito!

Cascanueces dio una palmada y aparecieron unos pastores y pastoras, cazadores y cazadoras, tan lindos y blancos que hubiera podido creerse estaban hechos de azúcar, y a los cuales no había visto María a pesar de que se paseaban por el bosque. Llevaban una preciosa butaca de oro; colocaron en ella un almohadón de malvavisco y, muy corteses, invitaron a María a tomar asiento en ella. Apenas lo hizo, empezaron pastores y pastoras a bailar una danza artística, mientras los cazadores tocaban en sus cuernos de caza; luego desaparecieron todos en la espesura.

-Perdone, señorita de Stahlbaum -dijo Cascanueces-, que el baile haya resultado tan pobre; pero los personajes pertenecen a los de los bailes de alambre y no saben ejecutar sino los mismos movimientos siempre. También hay una razón para que la música de los cazadores sea tan monótona. El cesto del azúcar está colgado en los árboles de Navidad encima de sus narices, pero un poco alto. ¿Quiere usted que sigamos adelante?

-Todo es precioso y me gusta muchísimo -dijo María levantándose para seguir a Cascanueces, que había echado a andar.

Pasaron a lo largo de un arroyo cantarín y alegre, en el que se advertía el mismo aroma delicioso del resto del bosque.

-Es el arroyo de las Naranjas -respondió Cascanueces a la pregunta de María-; pero, aparte su aroma, no tiene comparación en tamaño y belleza con el torrente de los Limones, que, como él, vierte en el mar de las Almendras.

En seguida escuchó María un ruido sordo y vio el torrente de los limones, que se precipitaba en ondas color perla entre arbustos verdes chispeantes como carbunclos. Del agua murmuradora emanaba una frescura reconfortante para el pecho y el corazón. Un poco más allá corría un agua amarillenta, más espesa, de un aroma penetrante y dulce, y a su orilla jugueteaban una multitud de chiquillos, que pescaban con anzuelo, comiéndose al momento los pececillos que cogían. Al acercarse, observó María que los tales pececillos parecían avellanas. A cierta distancia divisábase un pueblecito a orillas del torrente; las casas, la iglesia, la rectoral, las alquerías, todo era pardusco, aunque cubierto con tejados dorados; también se veían algunos muros tan bonitamente pintados como si estuviesen sembrados de corteza de limón y de almendras.

-Es la patria del Alajú -dijo Cascanueces-, que está situada a orillas del arroyo de la Miel; ahí habitan gentes muy guapas, pero casi siempre están descontentas porque padecen de dolores de muelas. No los visitaremos por esta razón.

Luego divisó María una ciudad pequeña, compuesta de casitas transparentes y claras, que resultaba muy linda. Cascanueces dirigióse decididamente a ella y María escuchó un gran estrépito, viendo que miles de personajes diminutos se disponían a descargar una infinidad de carros muy cargados que estaban en el mercado. Lo que sacaban aparecía envuelto en papeles de colores y semejaba pastillas de chocolate.

-Estamos en el país de los Bombones -dijo Cascanueces-, y acaba de llegar un envío del país del Papel y del rey del Chocolate. Las casas del país de los Bombones estaban seriamente amenazadas por el ejército que manda el almirante de las Moscas, y por esta causa las cubren con los dones del país del Papel y construyen fortificaciones con los envíos del rey del Chocolate. Pero en este país no nos hemos de conformar con ver los pueblos, sino que debemos ir a la capital.

Y Cascanueces guió hacia la capital ala curiosa María. Al poco tiempo notó un pronunciado olor a rosas y todo apareció como envuelto en una niebla rosada. María observó que aquello era el reflejo de un agua de ese color que en ondas armoniosas y murmuradoras corría ante sus ojos. En aquel lago encantador, que se ensanchaba hasta adquirir las proporciones de un inmenso mar, nadaban unos cuantos hermosos cisnes plateados, a cuyos cuellos estaban atadas cintitas de oro y cantaban a porfía las canciones más lindas; y en las rosadas ondas, los pececillos diamantinos iban de un lado para otro, como danzando a compás.

-¡Ah! -exclamó María entusiasmada-. Este es un lago como el que me quería hacer el padrino Drosselmeier en una ocasión, y yo soy la niña que acariciaría a los cisnes.

Cascanueces sonrió de un modo más burlón que nunca y dijo:

-El tío no sabría hacer una cosa semejante; usted quizá sí, querida señorita de Stahlbaum... Pero no discutiremos por esto, vamos a embarcarnos y nos dirigiremos, por el lago de las Rosas, a la capital.

LA CAPITAL

Cascanueces dio una palmada: el lago de las Rosas comenzó a agitarse más, las olas se hicieron mayores y María vio que a lo lejos dirigióse hacia donde estaban ellos un carro de conchas de marfil, claro y resplandeciente, tirado por dos delfines de escamas doradas. Doce negritos monísimos, con monteritas y delantalitos tejidos de plumas de colibrí, saltaron a la orilla y trasladaron a María y luego a Cascanueces, deslizándose suavemente sobre las olas, al carro, que en el mismo instante se puso en movimiento. ¡Qué hermosura verse en el carro de concha, embalsamado de aroma de rosas y conducido por encima de las olas rosadas! Los dos delfines de escamas doradas levantaban sus fauces, y al resoplar brotaban de ellas brillantes cristales que alcanzaban a gran altura, volviendo a caer en ondas espumosas y chispeantes. Luego pareció como si cantaran multitud de vocecillas. "¿Quién boga por el lago de las Rosas?... ¡El hada!... Mosquitas, ¡sum, sum, sum! Pececillos, ¡sim, sim, sim! Cisnes, ¡cua, cua, cua! Pajaritos, ¡pi, pi, pi! Ondas del torrente, agitaos, cantad, observad... El hada viene. Ondas rosadas, agitaos, refrescad, bañad." Pero los doce negritos, que habían descendido del carro de conchas, tomaron muy a mal aquel canto y sacudieron sus sombrillas con tal fuerza que las hojas de palmera de que estaban hechas empezaron a sonar y castañetear, y ellos al tiempo acompañaban con los pies, haciendo una cadencia extraña y cantando: "¡Clip, clap, clip, clap!"

-Los negros son muy alegres-dijo Cascanueces un poco sorprendido-, pero alborotan todo el lago.

Con efecto, en seguida se oyó un gran murmullo de voces extraordinarias que parecía como si saliesen del agua y flotasen en el aire.

María no se fijó en las últimas, sino que miró a las ondas rosadas, en las cuales vio reflejarse el rostro de una muchacha encantadora que le sonreía.

-¡Ah! --exclamó muy contenta palmoteando-. Mire, señor Drosselmeier, allá abajo está la princesa Pirlipat, que me sonríe de un modo admirable. ¿No la ve usted, señor Drosselmeier?

Cascanueces suspiró tristemente y dijo:

-Querida señorita de Stahlbaum, no es la princesa Pirlipat; es su mismo rostro el que le sonríe en las ondas de rosa.

María volvió la cabeza, avergonzada, y cerró los ojos. En aquel instante encontróse trasladada por los mismos negros a la orilla, y en un matorral casi tan bello como el bosque de Navidad, con mil cosas admirables y, sobre todo, con unas frutas raras que colgaban de los árboles y las cuales no sólo tenían los colores más lindos, sino que olían divinamente.

-Estamos en el bosque de las Confituras -dijo Cascanueces-; pero ahí está la capital.

Entonces vio María algo verdaderamente inesperado. No sé como lograría yo, queridos niños, explicaron la belleza y las maravillas de la ciudad que se extendía ante los ojos de María en una pradera florida. Los muros y las torres estaban pintados de colores preciosos; la forma de los edificios no tenía igual en el mundo. En vez de tejados, lucían las casas coronas lindamente tejidas, y las torres, guirnaldas de hojas verdes de lo más bonito que se puede ver. Al pasar por la puerta, que parecía edificada de macarrones y de frutas escarchadas, siete soldados les presentaron armas, y un hombrecillo con una bata de brocado echóse al cuello de Cascanueces, saludándolo con las siguientes palabras:

-Bien venido seáis, querido príncipe; bien venido al pueblo de Mermelada.

María admiróse no poco al ver que Drosselmeier era considerado y tratado como príncipe por un hombre distinguido. Luego oyó un charlar confuso, un parloteo, unas risas, una música y unos cánticos que la distrajeron de todo lo demás, y sólo pensó en averiguar que era todo aquello.

-Querida señorita de Stahlbaum -respondió Cascanueces-, no tiene nada de particular. Mermelada es una ciudad alegre; siempre está lo mismo. Pero tenga la bondad de seguirme un poco más adelante.

Apenas anduvieron unos pasos, llegaron a la plaza del Mercado., que presentaba un aspecto hermoso. Todas las casas de alrededor eran de azúcar trabajada con calados y galerías superpuestas; en el centro alzábase un ramillete a modo de obelisco; cerca de él lanzaban a gran altura sus juegos de agua cuatro fuentes muy artísticas de grosella, limonada y otras bebidas dulces, y en las tazas remanzaba la crema, que se podía coger a cucharadas. Y lo más bonito de todo eran los miles de lucecillas que colocadas encima de otras tantas cabezas, iban de un lado para otro gritando, riendo, bromeando, cantando..., en una palabra, armando el alboroto que María oyera desde lejos. Veíanse gentes bellamente ataviadas: armenios, griegos, judíos y tiroleses, oficiales y soldados, sacerdotes, pastores y bufones; en fin, todos los personajes que se pueden hallar en el mundo. En una de las esquinas era mayor el tumulto; la gente se atropellaba, pues pasaba el Gran Mogol en su palanquín, acompañado por noventa y tres grandes del reino y ciento siete esclavos. En la esquina opuesta tenía su fuerte el cuerpo de pescadores, que sumaban quinientas cabezas; y lo peor fue que el Gran Señor turco tuvo la ocurrencia de irse a pasear a la plaza, a caballo, con tres mil jenízaros, yendo a interrumpir el cortejo que se dirigía al ramillete central cantando el himno Alabemos al poderoso Sol. Hubo gran revuelta y muchos tropezones y gritos.

A poco escuchóse un lamento: era que un pescador había cortado la cabeza a un bracmán, y al Gran Mogol por poco lo atropella un bufón. El ruido se hacía más ensordecedor a cada instante, y ya empezaba la gente a venir a las manos cuando hizo su aparición en la plaza el individuo de la bata de damasco que saludara a Cascanueces en la puerta de la ciudad dándole el título de príncipe, y subiéndose al ramillete tocó tres veces una campanilla y gritó al tiempo:

-¡Confitero!.. ¡Confitero!... ¡Confitero!... Instantáneamente cesó el tumulto; cada cual procuró arreglárselas como pudo, y, después que se hubo desenredado el lío de coches, se limpió el Gran Mogol y se

volvió a colocar la cabeza al bracmán, continuó la algazara.

-¿Qué ha querido decir con la palabra confitero, señor Drosselmeier? -preguntó María.

-Señorita -respondió Cascanueces-, confitero se llama aquí a una potencia desconocida de la que se supone puede hacer con los hombres lo que le viene en gana; es la fatalidad que pesa sobre este alegre pueblo, y le temen tanto que sólo con nombrarlo se apaga el tumulto más grande, como lo acaba de hacer el burgomaestre. Nadie piensa más en lo terreno, en romperse los huesos o en cortarse la cabeza, sino que todo el mundo se reconcentra y dice para sí: "¿Qué será ese hombre y qué es lo que haría con nosotros?

María no pudo contener una exclamación de asombro y de admiración al verse delante de un palacio iluminado por los rojos rayos del sol, con cien torrecillas

alegres. En los muros había sembrados ramilletes de violetas, narcisos, tulipanes, alhelíes, cuyos tonos oscuros hacían resaltar más y más el fondo rojo. La gran cúpula central del edificio, lo mismo que los tejados piramidales de las torrecillas, estaban sembrados de miles de estrellas doradas y plateadas.

-Estamos en el palacio de Mazapán -dijo Cascanueces.

María perdíase en la contemplación del maravilloso palacio; pero no se le escapó que a una de las torres grandes le faltaba el tejado. A lo que se podía presumir, unos hombrecillos encaramados en un andamiaje armado con ramas de cinamomo trataban de repararlo. Antes de que preguntase nada a Cascanueces, explicó éste.

-Hace poco amenazó al hermoso palacio un hundimiento serio, que bien pudo haber llegado a la destrucción total. El gigante Coloso pasó por aquí, se comió el tejado de esa torre y dio un bocado a la gran cúpula; los ciudadanos de Mermelada le dieron como tributo un barrio entero y una parte considerable del bosque de confituras, con lo cual se satisfizo y se marchó.

En aquel momento oyóse una música agradable y dulce; las puertas del palacio se abrieron, dando paso a doce pajecillos con tallos de girasol encendidos, que llevaban a modo de hachas. Su cabeza consistía en una perla; los cuerpos, de rubíes y esmeraldas, y marchaban sobre piececillos diminutos de oro puro. Seguíanlos cuatro damas de un tamaño aproximado a la muñeca Clarita, de María, pero tan maravillosamente vestidas que María reconoció en seguida en ellas a las princesas. Abrazaron muy cariñosas a Cascanueces, diciéndole: -¡Oh, príncipe! ¡Oh, hermano mío!

Cascanueces, muy conmovido, limpióse las lágrimas que inundaban sus ojos, tomó a María de la mano y dijo en tono patético.

-Esta señorita es María Stahlbaum, hija de un respetable consejero de Sanidad y la que me ha salvado la vida. Si ella no tira a tiempo su zapatilla, si no me proporciona el sable del coronel retirado, estaría en la sepultura, mordido por el maldito rey de los ratones. ¿Puede compararse con esta señorita la princesa Pirlipat, a pesar de su nacimiento, en belleza, bondad y virtud? No, digo yo; no.

Todas las damas dijeron asimismo "no", y echaron los brazos al cuello de María, exclamando entre sollozos: -¡Oh, noble salvadora de nuestro querido hermano el príncipe!... ¡Oh, bonísima señorita de Stahlbaum!

Las damas acompañaron a María y al Cascanueces al interior del palacio, conduciéndolos a un salón cuyas paredes eran de pulido cristal de tonos claros. Lo que más le gustó a Maria fueron las lindas sillitas, las cómodas, los escritorios, etc., etc., que estaban diseminados por el salón, y que eran de cedro o de madera del Brasil con incrustaciones de oro semejando flores. Las princesas hicieron sentar a María y a Cascanueces, diciéndoles que iban a prepararles la comida. Presentaron una colección de pucheritos y tacitas de la más fina porcelana española, cucharas, tenedores, cuchillos, ralladores, cacerolas y otros utensilios de cocina de oro y plata. Luego sacaron las frutas y golosinas más hermosas que María viera en su vida, y comenzaron, con sus manos de nieve, a prensar las frutas, a preparar la sazón, a rallar la almendra; en una palabra, trabajaron de tal manera, que María pudo ver que eran muy buenas cocineras y comprendió que preparaban una comida exquisita. En lo íntimo de su ser deseaba saber algo de aquellas cosas para ayudar a las princesas. La más hermosa de ellas, como si hubiese adivinado su deseo, alargó a María un mortero de oro, diciéndole:

-Dulce amiguita, salvadora de mi hermano, machaca un poco de azúcar cande.

Mientras María machacaba afanosa y el ruido que hacía en el mortero sonaba como una linda canción, Cascanueces comenzó a contar a sus hermanas la terrible batalla entre sus tropas y las del rey de los ratones, la cobardía de su ejército, que quedó casi batido por completo, y la intención del rey de los ratones de acabar con él, y el sacrificio que María hizo de muchos de sus ciudadanos, etc., etc. María estaba cada momento mas lejos del relato y del ruido del mortero, llegando al fin a levantarse una gasa plateada a modo de neblina en la que flotaban las princesas, los pajes, Cascanueces y ella misma, escuchando al tiempo un canto dulcísimo y un murmullo extraño, que se desvanecía a lo lejos y subía y subía cada vez más alto.

CONCLUSIÓN

¡Brr.... ¡pum!... María cayó de una altura inconmensurable... ¡Qué sacudida!... Pero abrió los ojos y se encontró en su camita; era muy de día, y su madre estaba a su lado, diciendo:

-Vamos, ¿cómo puedes dormir tanto? Ya hace mucho tiempo que está el desayuno.

Comprenderás, público respetable, que María, entusiasmada con las maravillas que viera, concluyó por dormirse en el salón del palacio de Mazapán, y que los negros, los pajes o quizá las princesas mismas la trasladaron a su casa y la metieron en la cama.

-Madre, querida madre, no sabes dónde me ha llevado esta noche el señor Drosselmeier y las cosas tan lindas que me ha enseñado.

Y contó a su madre todo lo que yo acabo de referir; y la buena señora maravillóse no poco.

Cuando María acabó su relación, dijo su madre:

-Has tenido un sueño largo y bonito, pero procura que se te quiten esas ideas de la cabeza.

María, testaruda, insistía en que no había soñado y que en realidad vio todo lo que contaba. Entonces su madre la tomó de la mano y la condujo ante el armario, donde enseñándole el Cascanueces, que, como de costumbre, estaba en la tercera tabla, le dijo:

-¿Cómo puedes creer, criatura, que este muñeco de madera de Nuremberg pueda tener vida y movimiento?

-Pero, querida madre -repuso María-, yo sé muy bien que el pequeño Cascanueces es el joven Drosselmeier de Nuremberg, el sobrino del magistrado.

El consejero de Sanidad y su mujer soltaron la carcajada.

-¡Ah! -dijo María casi llorando-. No te rías de mi Cascanueces, querido padre, que ha hablado muy bien de ti; precisamente cuando me presentó a sus hermanas las princesas en el palacio de Mazapán dijo que eras un consejero de Sanidad muy respetable.

Mayores fueron aún las carcajadas de los padres, a las que se unieron las de Luisa y Federico.

María se metió en su cuarto, sacó de una cajita las siete coronas del rey de los ratones y se las enseñó a su madre, diciendo:

-Mira, querida madre, aquí están las siete coronas del rey de los ratones que me entregó anoche el joven Drosselmeier como trofeo de su victoria.

Muy asombrada contempló la madre las siete coronitas, tan primorosamente trabajadas en un metal desconocido que no era posible estuviesen hechas por manos humanas. El consejero de Sanidad no podía apartar la vista de aquella maravilla, y ambos, el padre y la madre, insistieron con María en que les dijese de dónde había sacado aquellas coronas. La niña sólo pudo responder lo que ya había dicho, y como quiera que su padre no la creyese y le dijera que era una mentirosa, comenzó a llorar amargamente, diciendo:

-¡Pobre de mí! ¿Qué puedo decir yo?

En aquel momento abrióse la puerta, dando paso al magistrado, que exclamó:

-¿Qué es eso, qué es eso? ¿Por qué llora mi ahijadita? ¿Qué pasa?

El consejero de Sanidad le enteró de todo lo ocurrido, enseñándole las coronitas.

En cuanto el magistrado las vio echóse a reír, diciendo:

-¡Qué tontería, qué tontería! Esas son las coronitas que hace años llevaba yo en la cadena del reloj de que le regalé a María el día que cumplió los dos años. ¿No os acordáis?

Ni el consejero de Sanidad ni su mujer se acordaban
de aquello; pero María, observando que sus padres desarrugaban el ceño, echóse en brazos de su padrino y dijo:

-Padrino, tú lo sabes todo. Diles que Cascanueces es tu sobrino, el joven de Nuremberg, y que él es quien me ha dado las coronitas.

El magistrado púsose muy serio y murmuró: -¡Tonterías, extravagancias!

Entonces el padre tomó a María en brazos y la sermoneó:

-Escucha, María: a ver si te dejas de imaginaciones y de bromas; si vuelves a decir que el insignificante y contrahecho Cascanueces es el sobrino del magistrado Drosselmeier, lo tiro por el balcón, y con él todas tus demás muñecas, incluso a la señorita Clara.

La pobre María no tuvo más remedio que callarse y no hablar de lo que llenaba su alma, pues podéis comprender perfectamente que no era fácil olvidar todas las bellezas que viera. El mismo Federico volvía la espalda cuando su hermana quería hablarle del reino maravilloso en que fue tan feliz, llegando algunas veces a murmurar entre dientes:

-¡Qué estúpida!

Trabajo me cuesta creer esto último conociendo su buen natural; pero de lo que sí estoy seguro es de que, como ya no creía nada de lo que su hermana le contaba, desagravió a sus húsares de la ofensa que les hiciera con una parada en toda regla; les puso unos pompones de pluma de ganso en vez de la divisa, y les permitió que tocasen la marcha de los húsares de la Guardia. Nosotros sabemos muy bien cómo se portaron los húsares cuando recibieron en sus chaquetillas rojas las manchas de las asquerosas balas...

A María no se le permitió volver a hablar de su aventura; pero la imagen de aquel reino encantador la rodeaba como de un susurro dulcísimo y de una armonía deliciosa; lo veía todo de nuevo en cuanto se lo proponía, y así, algunas veces, en vez de jugar como antes, se quedaba quieta y callada, ensimismada, como si la acometiera un sueño repentino.

Un día, el magistrado estaba arreglando uno de los relojes de la casa. María, sentada ante el armario de cristales y sumida en sus sueños, contemplaba al Cascanueces; sin advertirlo, comenzó a decir:

-Querido Drosselmeier: si vivieses, yo no haría como la princesa Pirlipat; yo no te despreciaría por haber dejado de ser por causa mía un joven apuesto.

El magistrado exclamó: -Vaya, vaya, ¡qué tonterías!...

Y en el mismo momento sintióse una sacudida y un gran ruido, y María cayó al suelo desmayada.

Cuando volvió en sí su madre, que la atendía, dijo: -¿Cómo te has caído de la silla siendo ya tan grande? Aquí tienes al sobrino del magistrado, que ha venido de Nuremberg...; a ver si eres juiciosa.

María levantó la vista. El magistrado se había puesto la peluca y su gabán amarillo y sonreía satisfecho; en la mano tenía un muñequito pequeño, pero muy bien hecho: su rostro parecía de leche y sangre; llevaba un traje rojo adornado de oro, medias de seda blanca y zapatos y en la chorrera un ramo de flores; iba muy rizado y empolvado, y a la espalda colgábale una trenza; la espada, colgada de su cinto, brillaba constelada de joyas, y el sombrerillo, que sostenía debajo del brazo, era de pura seda. A Federico también le traía un sable. En la mesa partió con mucha soltura nueces para todos; no se le resistían ni las más duras; con la mano derecha se las metía en la boca, con la izquierda levantaba las trenzas y... ¡crac!..., la nuez se hacía pedazos.

María se puso roja cuando vio al joven, y más roja aún cuando, después de comer, el joven Drosselmeier la invitó a salir con él y a colocarse junto al armario de cristales. Jugad tranquilos, hijos míos -dijo el magistrado-; como todos mis relojes marchan bien, no me opongo a ello.

En cuanto el joven Drosselmeier estuvo solo con María hincóse de rodillas y exclamó:

-Distinguidísima señorita, de Stahlbaum: aquí tiene a sus pies al feliz Drosselmeier, cuya vida salvó usted en este mismo sitio. Usted, con su bondad característica, dijo que no sería como la princesa Pirlipat y que no me despreciaría si por su causa hubiera perdido mi apostura. En el mismo momento dejé de ser un vulgar Cascanueces y recobré mi antigua figura. Distinguida señorita, hágame feliz concediéndome su mano; comparta conmigo reino y corona; reine conmigo en el palacio de Mazapán, pues allí soy el rey.

María levantó al joven y dijo en voz baja: -Querido señor Drosselmeier: es usted un hombre amable y bueno, y como además posee usted un reino simpático en el que la gente es muy amable y alegre, le acepto como prometido.

Desde aquel momento fue María la prometida de Drosselmeier. Al cabo de un año dicen que fue a buscarla en un coche de oro tirado por caballos plateados. En las bodas bailaron veintiún mil personajes adornados con perlas y diamantes, y María se convirtió en reina de un país en el que sólo se ven, si se tienen ojos, alegres bosques de Navidad, transparentes palacios de Mazapán, en una palabra, toda clase de cosas asombrosas.

Este es el cuento de EL CASCANUECES Y EL REY DE LOS RATONES.

FIN

Made in the USA
Coppell, TX
29 November 2021

66637593R10037